JEAN-MARIE GOURIO

Jean-Marie Gourio s'est illustré dans tous les domaines de l'humour iconoclaste : ancien rédacteur en chef de *Charlie Hebdo*, collaborateur sur l'émission de télévision « Palace », rédacteur pour « Les Guignols de l'Info », il est l'auteur du best-seller en huit volumes *Brèves de comptoirs*, comme[illegible]cé en 1985 – adapté au théâtre par Jean-Mic[illegible]bes, et créé à Paris en 1994. Une nouvel[illegible] des *Brèves de comptoirs* est en [illegible] théâtre du Rond-Point ave[illegible] représentations devrai[illegible] 2008, sont [illegible]*ire !* (R[illegible]*omptoir* (Rob[illegible] des romans, graves [illegible] *d'un nain* (1987), *Les coc*[illegible]), *Chut !* (1998), *L'eau des fleurs* [illegible]*e* (2005) et *Alice dans les livres* (2006)[illegible]

Les 4 saisons
des Brèves de comptoir

L'AUTOMNE

DU MÊME AUTEUR
CHEZ POCKET

CHUT !
L'EAU DES FLEURS

BRÈVES DE COMPTOIR : L'ANNIVERSAIRE !

LES 4 SAISONS DES BRÈVES DE COMPTOIR :
LE PRINTEMPS
L'ÉTÉ
L'AUTOMNE

JEAN-MARIE GOURIO

Les 4 saisons des Brèves de comptoir

L'AUTOMNE

Préface de J.-M. Gourio
Choix de Pierre Chalmin

ROBERT LAFFONT

Le papier de cet ouvrage est composé de fibres naturelles, renouvelables, recyclables et fabriquées à partir de bois provenant de forêts plantées et cultivées durablement pour la fabrication du papier.

ISBN : 978-2-266-18170-9

L'AUTOMNE

Au Café de la Forêt

Une voiture dans le fossé, sur le toit, juste à la sortie du pont qui enjambe le TGV. Il paraît qu'il n'y a pas eu trop de mal. On sait ça par Olivier qui est pompier à Cerisiers. Des jeunes qui revenaient de boîte. Trois gars. Une fille. Des jeunes de Sens. Un bras cassé. Des bosses. La trouille de leur vie ! À cet endroit, la route quitte la forêt dense pour les champs, de grands carrés beiges aux taches dorées, bandes vertes et fins ruisseaux bordés d'arbres penchés, saignées calcaires, monticules de terres fumées où tournent les corneilles, brumes bleutées, fines ornières argent d'eau, quelques fermes, si loin, le tout cousu bord à bord par le fil des chemins où passent les tracteurs, plaine vallonnée, douce, à perte de vue. Quand on sort à grande vitesse des bois, la campagne fait un trou qui vous aspire, le pont soulève la voiture et hop ! on va tout droit. On s'envole. Dans la brume et l'alcool. La tête pleine de musique. On rêve. On rit. Et c'est comme ça qu'on meurt. Les capotes à la fraise dans la poche et le cœur arraché encore adolescent. L'horizon porte d'immenses colonnes de nuages blancs, éblouissants. Étourdissants. Le ciel donne le vertige tant il est haut. Les gendarmes ont constaté qu'il n'y avait aucune trace de freinage. Le chauffeur, dix-huit ans, le permis tout neuf, s'est endormi au volant. Soirée slam au Styliss. Soirée vodka. Le fossé, autour de la voiture, sent l'essence, le caoutchouc brûlé, la terre retournée. La mousse des bois. Une ronce arrachée pend au pare-chocs arrière. Des mûres, noires, y sont suspendues. Une poignée de gros fruits luisants vernissés comme des billes en terre. On se fait la langue toute noire à les manger. Un jeune renard traverse la route. Le TGV passe sous le pont. Paris. Montbard. Le train surpuissant fait vibrer la structure. Les mûres se balancent. Le renard hésite puis retraverse et disparaît entre les troncs des chênes. Le même, empaillé, monte la garde sur le mur du Café de la Forêt. Qu'on appelle aussi, Chez Irène. Le renard mort continue à vieillir au dessus du juke-box. La nuit, dans le café d'Irène au milieu des bois, on se met et on se remet Johnny à fond, l'envie d'avoir envie ! Diego, seul dans sa tête ! Allumer le feu ! sous le renard gris de poussière. La bête fut tuée une nuit par une moto, tou-

Cette année, Irancy va fêter les vins. Une affiche l'annonce, punaisée sur la porte des toilettes, chez Irène. Un clocher d'église, des vignes, des grappes de raisin, des tire-bouchons. Beau travail de graphiste. Le raisin fait un nuage dans le ciel. Le 22 octobre ? On y sera ! Chez Irène, on sait tout. Le journal s'écrit dans le café de Villechétive, repère de Bréveurs planqués au milieu des bois. Un coup de rouge. Une bière. Un coup de blanc. On sait les accidents, les champignons, les sangliers, les fêtes. Les naissances. Les décès. Les feux. On parle météo. Des saisons. De l'automne, qui est là, et très prodigue en cèpes. La forêt est immense. On croirait que l'automne du monde démarre là. Près de Vaudeurs, le grand marronnier, à côté du château, donne à tous le signal. Ce sont toujours les frères Rousseaux qui ramènent au comptoir la nouvelle, ça y est, c'est monté dedans ! Ils parlent de l'automne comme d'une chose sortie de la terre et qui sauterait dans les branches. L'automne est arrivé dans le bas du coteau sur les pommiers. Il est arrivé dans le haut. Quand ils font du débardage, les Rousseaux ramènent au bar les feux de branchage dans leurs prunelles. Les bras noirs de charbon. Ils boivent leur bière. Les glottes vont et viennent, à grand bruit. Cascades. Soupirs. Rots. Sûrement un des plus grands délices que l'on puisse goutter sur la terre, la bière fraîche chez Irène, après des heures au feu. Irène toise ses deux gaillards hirsutes et dégoulinants de grosse sueur. La peau de leur cou brille. Les chemises leur collent à la poitrine. Ils sont comme faits de miel. Deux bûcherons immenses et moustachus qui descendent les bières comme de l'eau. Si fraîche. Paradis or qui gonfle les estomacs. Et fait bien vite tourner les têtes. Le plus âgé des frères Rousseaux fut quatre années de suite couronné plus gros mangeur d'escargots de Bourgogne. Quatre années avec sa photo dans le journal ! Plus rien ne peut l'atteindre, il a fait son exploit. Attention ! Les Rousseaux, c'est du lourd ! Du lourd léger, quand ils parlent des arbres. Du nuage, quand ils regardent la patronne qui s'essuie la gorge du plat de sa main. Quand ils ramènent un panier de morilles recouvertes de rosée. Grosses mains, gestes en finesse.

Tiens te voilà ?! La Moule entre et s'accoude. La Moule, toujours collé au comptoir ! Ricard dès le matin. Ricard jusqu'au soir. La Moule fait des boulots, à droite, à gauche. Jamais vraiment tout droit. Il se colle au comptoir et fixe le dehors. La route. Comme un gamin au fond de la classe, qui veut sortir faire des cabanes, mais qui ne sort pas. Parce que dans la classe, il y a l'instituteur, qui est gentil, qui le protège, pas comme son père, qui le bat. Il boit. Reboit. Ses yeux pétillent. Passé quelques verres, il sourit. Puis se parle à voix basse. Il se raconte des choses qu'on n'entend pas. Irène le

jours dans la grande ligne droite avant le pont. Un soir, Jo Cocker, poussé au maximum, lui a fait tomber une dent.

C'est le père à Remy qui l'a empaillé. Vieux bonhomme taxidermiste à Chablis. Pendant que les uns mettent en bouteille le célèbre vin blanc, lui, consciencieusement, bourre de paille les fourrures vides. Quelle drôle d'idée. On vous servirait pas un grand Chablis dans ces petits yeux de verre qu'il enfonce dans les bestioles. L'année passée, le père à Remy s'en est mis une belle dans le cornet pendant la fête des vins à Chablis, la Saint-Vincent tournante. Sans doute avait-il besoin de se remplir de vie claire ? de se taxidermiser le foie, comme a dit en riant la patronne du Café de la Place, une bouteille dans chaque main, toute occupée à servir l'auditoire assoiffé, bras écartés, comme un grand pianiste. À la fête des vins, en France, tout le monde picole sous les yeux des gendarmes. Les mêmes qui, le reste de l'année, vous emmerdent pour un rien. Il faudrait une fête des vins qui dure l'année, pour qu'on picole foie dessus foie dessous avec les flics. Navrant, pour la sécurité routière ! Mais là, il paraît que le vin, ça nourrit, ça ne soûle pas. Parole du docteur, plein comme un œuf. C'est pas du gin. Le gin ne sort pas de terre. Même le maire boit son coup. Alors soyons civiques, buvons à nos institutions.

chahute, qu'est-ce que tu racontes de beau la Moule, dis plus fort qu'on profite ! La Moule se referme. Et reboit. En souriant. Comme un môme battu qui se renferme. La Moule sort le bout de son nez dès que ça sent le vin, ou le poulet rôti, les fougères où l'on peut se cacher, la mousse où l'on peut dormir quand on a trop bu. La Moule garde les étangs de la commune. Un boulot sur mesure. Comme demander à une hirondelle de garder le ciel. Il surveille les braconniers, en braconnant. Il empêche l'envahissement des eaux par les herbiers. Il surveille que les chiens errants ne viennent pas emmerder les canards. Il a sa marina-cabane pieds dans la vase. Sa barque. Ses mains entaillées par les grandes herbes trouvent sur les verres frais leur réconfort. Les fines coupures lui encombrent toujours sa ligne de vie de sang séché. Un champ de mines. Une folie à traverser. La Moule traverse la vie comme une goutte de pluie les feuilles pourries, la mousse et la terre. Son salut est d'être vite bu. Irène le ressert, et puis elle file dans la grande salle de son café dresser la table. Une grande table en U, pour les gars du TGV. Toute une bande qui entretient les voies. Quand ils travaillent sur le tronçon, l'équipe vit en Algéco derrière l'église et ils mangent là. Menu routier pour les cheminots ! Plateau de charcuterie, steak petits pois frites, camembert, crème caramel. Les Rousseaux et la Moule observent Irène qui met la table. La fourchette à gauche, le couteau à droite, les corbeilles pleines de pain, les bouteilles de vin, tous les trente centimètres. La Vierge n'aurait pas été plus belle à mettre la table pour Jésus quand il rentrait avec ses copains. Gestes doux, que Irène surlignait d'un, voilà, ça c'est bien… voilà, ça c'est fait… La Moule au bar se laisse bercer. Bruit du pain que l'on tranche, des assiettes entrechoquées, son étouffé des verres courts en Pyrex que l'on pose sur la toile cirée, murmures de la patronne, va-et-vient de ses pas du comptoir à la salle, bruits des maisons où tout va bien, où l'on est bien, où l'on peut vivre, sans avoir peur, alors la Moule, tu rêves ? oui, il rêve à elle, qu'il n'oserait jamais serrer dans ses bras, à la saison bien sûr, il offre des jonquilles, des violettes de talus, des girolles, il lui rentre son bois dans la remise. Au-dessus du comptoir, près des figurines de coureurs cyclistes en plastique, brille un bout de bois verni en forme de cœur qu'il a trouvé flottant dans l'eau. Près du cœur, un alignement de cartouches. Une boîte de bougies, pour les soirs où l'orage fait sauter le compteur. Une voiture de pompiers. Une boîte en fer marquée SEL. Des serviettes en papier. Du tabac. La Moule lâche le mur du regard, flotte un temps dans l'air, tangue, bascule, se fixe sur l'autre mur au fond, regarde la grosse plante grimpante assise dans le pot et qui ne grimpe pas, la voilà depuis peu qui perd ses feuilles, rouille, sur le guéridon, près de la porte des cabinets. L'automne s'est installé au Café de la Forêt près de la porte des cabinets. La Moule repense à Bébert. Un gars de Paris, qui descendait tous les ans avec sa femme, Madeleine, pour se faire la fête des vins. Bébert, manutentionnaire à Shopi, rue Caulaincourt, et Madeleine – trente années de mariage, tout de même ! – employée aux Chèques postaux près de la gare Montparnasse. Bébert, mort, y a pas longtemps, du tabac. On n'a pas revu Madeleine. La Moule emmenait Bébert aux étangs. Casser la croûte sur la large barque à fond plat. À cet instant précis où le soleil perce la brume, Bébert faisait sauter le bouchon ! Bon spécialiste du moment juste. Saucisson. Vin rouge. Pêche. Tous les ans comme ça, depuis quinze ans. Bébert logeait dans un petit routier, à Arces, chez Misura. Il leur avait aussi offert une jolie plante, pour se faire pardonner une soirée d'ivresse, un Croton. Rouge et vert. La plante de chez Irène, tout le monde en a oublié le nom. On dit, c'est la plante à Bébert ! Cadeau du matin, pour faire oublier l'alcool du soir ! Bébert aimait chanter. Le jazz. Le blues. Le jazz blues. Le rock tango ! Tout ! Chabadabibouwabidou ! Excusez-moi pour hier, madame Irène, j'avais trop bu, c'est l'émotion. Je sais monsieur Bébert ! Mais monsieur Bébert, il ne fallait pas ! Je vais la mettre là, comme ça, tout le monde en profite !

Bébert, sur le guéridon, fait son automne, tout près des cabinets. Il voit entrer et sortir les Rousseaux, le ventre tendu plein de bière, la Moule, la vessie anisée ! Manuel, à la retraite, Cochon, qui boit de l'Avèze, Brebis, avec Picon, toujours avec Gamelle, et Pinceau, Pinceau ! avec sa tache de vin sur la joue, responsable des peintures dans le grand magasin de bricolage à Sens ! c'est lui, en blouse blanche de docteur, qui vous fait, à la demande, c'est même marqué en gros, toutes vos couleurs désirées ! dans sa machine à mélange. Ici, c'est pareil. Pinceau fait des mélanges. Le samedi soir, il en dégueule de toutes les couleurs. Bébert voit ressortir son copain Pinceau des cabinets, bien coloré ! Il les voit ressortir tous, ses potes de comptoir, ses fidèles, s'en retourner au zinc, boire et reboire, et revenir pisser ! Marées humaines, qui n'en finissent pas de descendre, s'empressent de remonter. À force de courants d'air et de va-et-vient aux toilettes, Bébert, en fin de journée, sent le Harpic. Des fois, Irène achète de la senteur des pins, alors, Bébert embaume la pinède de cabinets. La plante à Bébert est une multi-senteur. Voilà son nom ! Une Multi-senteur, plante de porte. Le printemps dernier, Irène a transplanté Bébert dans un bac Riviéra à réserve d'eau. Il a ses racines qui trempouillent, comme un vieux à l'hôpital de Berck. L'odeur du vin et des Ricard lui pénètre la feuille, ça descend lui faire un petit frisson au niveau de la tige. Le temps n'est plus aux grandes ivresses. La plante à Bébert est comme en retraite au Café de la Forêt. Parfois, la terre du bac sent le champignon. C'est un voyage déjà quand on est dans un pot !

Midi ! Ça rit dehors ! Ça gueule ! Ça se bouscule ! Les gars du TGV font leur entrée. Les potes à Jésus ! Ils ont faim. Ils ont soif. Ils ont chaud. Irène est prête à multiplier les verres et les sourires. Bras croisés derrière son comptoir. Elle les compte, et leur dit.

— C'est prêt les gars ! Je vous attendais !

L'automne est là. Un coup de vent fait tourbillonner les feuilles devant le café. En s'éloignant, on voit qu'à l'époque on a peint sur la façade un grand cerf. Le cerf s'efface. Doucement. Avec le temps.

L'équipe TGV raconte qu'à la sortie du bois, juste après le pont, nous on y travaille juste en dessous ! alors on invente pas ! la dépanneuse de chez Carroussel tire la voiture accidentée de son fossé.

Irène rajoute trois assiettes. Voilà, ça c'est bien… voilà, ça, c'est fait…

Les gars du garage voudront manger.

La viande grille dans les poêles.

La Moule se balance au comptoir. Dans l'automne, il s'est envolé.

Jean-Marie Gourio

C'est quand l'hiver ?
Y a l'automne d'abord, non ?

C'est l'automne !

— Pff… y a pas plus con comme saison !

Tous les jours que Dieu fait, ça fait un jour que Dieu a de moins à faire. Bêtement…

Jean Anouilh est mort.

— Non !!!

— Tu sais qui c'est ?

— Non…

Il avait bu tellement de pastis qu'il était jaune, mais jaune, tiens, comme ton Ricard !

— C'est un Pernod.

— Oui… enfin bref, ça allait pas.

Jean Anouilh ? Il buvait jamais !

Regarde autour de toi, qu'est-ce que tu vois ?… des mecs qui boivent un coup ! Alors dis pas que c'est contre la nature de l'homme.

Des fraises des bois, on en trouve autant qu'on veut, mais faut aimer ça. Moi, je marche dessus.

J'ai un pote qui a trouvé une main dans la poubelle d'un hôpital, c'était dans la rue derrière, comme ça.
— C'est pas possible, tout est brûlé.
— Je te jure que c'est vrai, c'est un bon pote. Si c'était un connard qui m'avait raconté ça, je te l'aurais même pas re-raconté.

Proust est tombé dans le domaine public, maintenant tout le monde a le droit d'écrire du Proust, je vois pas… en tout cas, ils l'ont dit à la radio.

Pour un bon violon, sept mille francs, c'est pas de trop.

On a trouvé des kilos et des kilos de champignons mais on a dû tout jeter, la pharmacie était fermée pour les faire voir. On les a posés en tas, ça fera des heureux.

Le serpent avale la grenouille après l'avoir hypnotisée, et après tu remarqueras que le serpent s'endort, la viande hypnotisée ça fait le même effet que des somnifères. Eh oui ! Suffit de regarder.

Chaque peintre choisit son modèle préféré, soit une femme, la mer, une banane.

Les aveugles lisent avec le bout des doigts, c'est les seuls qui pourront te dire ce que c'est comme lettre une crotte de nez.

On a pas besoin d'aller dans un endroit de rêve si on aime bien rêver, tu peux même rêver aux chiottes, si c'est propre.

Peut-être qu'après la mort on ressuscite pas tout de suite, mais seulement un milliard d'années après, le temps que ça se fasse, c'est pour ça que personne a encore ressuscité vu que c'est trop tôt.

Même s'il est à trois francs, le dollar sera toujours plus fort que le franc, vu que le franc c'est 1 franc.

La meilleure prévention contre le sida, c'est encore de pas l'attraper.

T'as acheté quoi ?
— Du pâté.
— Fais voir.
— Ça te regarde pas.

Je sais pas ce que j'ai aujourd'hui, j'ai oublié mes sous.

Si ça se trouve, il y a encore des femmes toutes nues conservées intactes dans les douches du *Titanic*.

Il faut une patience énorme pour faire pousser une falaise.

Je prends la glacière, on sait jamais, si il fait beau.

Je joue au tiercé pour que les chevaux puissent courir dehors, sinon je m'en fous, c'est plus pour eux que pour moi.

Tu vas me dire que plus le paysan laboure son champ, plus les cailloux remontent à la surface et qu'il ferait mieux de rester au lit, mais moi je vais te dire que plus le paysan reste au lit, plus les ressorts remontent à la surface, et qu'il a plus de quoi se payer un sommier neuf.

Faites chauffer la colle !

J'ai un pied qui sent plus que l'autre, c'est normal, ça ?

En Russie les chanteurs gagnent pas des milliards, et en plus à la fin c'est eux qui rangent.

Pour la Toussaint, on a toujours un temps pourri, ils feraient bien d'envoyer des fusées pendant le week-end que ça détraque un peu et qu'on ait du beau temps.

J'ouvre la Bible et je lis « Plomberie-sanitaire-chauffage », c'est une pub pour marquer la page.

Marcel, c'est un prénom qui a toujours été français.

On fait des violons pour gaucher, des tire-bouchons pour gaucher, on fait même des mains pour gaucher, à notre époque tout le monde peut être gaucher.

L'an 2000, c'est pour demain, et l'an 3000 pour après-demain, à croire qu'on fait des journées de mille ans !

Je sais pas pourquoi ils ont décidé que les réveils feraient tic-tac, il doit bien y avoir une raison ?

Mon père était bien portant, ma mère était bien portante et moi je suis bien portant. Comme ils sont morts depuis trois ans, je reste le seul bien portant de la famille.

Les hooligans font les cons dans les rues parce qu'ils ont pas de travail, sinon ils seraient bien tranquilles dans la boucherie.

Mange pas tant de chewing-gum, ça va te faire des trous dans les caries.

Quand j'étais petit, je passais des heures à regarder ma grand-mère qui faisait des confitures, et maintenant t'as des boîtes de nuit où des gonzesses à poil se battent dedans pendant des heures aussi ! Tu te rends compte comme ça a changé en vingt ans !

J'ai des yeux qui sont jumeaux, quand j'ai une poussière dans l'œil droit j'ai le gauche qui pleure.

Si on avait une femme bourreau, tu peux être sûr que les Français seraient contre la peine de mort. Et moi le premier ! Se faire décapiter par une bonne femme, ben merde !

On a guéri la peste, bravo, mais maintenant on a le cancer ! On aurait mieux fait de rester avec la peste, vu qu'on savait la soigner.

Et ma bière ?

Je n'accepte jamais un cadeau. Si ce qu'on m'offre était vraiment formidable, on m'en ferait pas cadeau…

La chirurgie esthétique transforme les gens très laids en gens très beaux pleins de cicatrices.

Les ballons s'envolent avec de l'air chaud.
— Je pense ça aussi.
— Moi c'est moi et toi c'est toi !

René est mort…
— Merde ! Il avait juste un an de plus que moi.
— C'est toi le plus vieux, maintenant.

Pour être alpiniste t'es pas obligé d'être très grand, mais si t'es très grand, t'arrives plus vite.

On en a dit des conneries sur Karl Marx, même qu'il allait jamais au café avec les ouvriers, alors que c'est tout le contraire !

Tu bois de ça ?
— Ça ou autre chose…

Where is my verre ?
— Tu parles anglais ?
— Un peu, pour faire le con.

Walt Disney a jamais su dessiner les canards, c'est quand même pas sorcier ! Le bec, les pattes, hop on reconnaît !

Si je sais qu'un client a le sida, je le sers pas. Le sida, il ne passera pas par chez moi.

Il y a un seul homme qui est l'homme le plus riche du monde, mais est-ce qu'il y a un seul homme qui est l'homme le plus pauvre ?

Écoute bien… Poc, poc, poc, poc, poc, poc…
— C'est du tennis !
— Exact. Et ça, tic, tictic, tic, tic, tictic ?
— … recommence.

— Je sais, c'est plus dur. Tictic, tic, tic, tic, tictic…
— Je vois pas.
— De l'escrime, couillon !

Même le jour de ma mort, je croirai pas en Dieu. J'attendrai le lendemain, pour être sûr.

Les conventions de Genève interdisent de marcher sur les morts avec des grosses chaussures, en ville et à la campagne.

C'est malin ! Maintenant j'ai mon chapeau plein de boudin !

J'ai un chat dans la gorge mais il aura pas de lait.

Quand la vie est triste, change de trottoir, en face c'est ouvert…

Va comprendre pourquoi elle m'a quitté !

Les zones érogènes, faut pas marcher dessus en se levant, ça fait plus mal.

T'es sûr que tu as rien oublié ?

— Non.

— Et mon pastis alors !

— Oh merde ! J'ai complètement oublié ! Ben merde ! Excuse-moi !

— C'est pas grave, va…

L'Union soviétique ressemble à un immense plat de coquillettes, c'est sympathique mais on cherche le jambon.

Calomniez, calomniez, il en restera toujours quelque chose, alors vas-y, continue à dire que j'ai pas payé mon œuf !

— T'as pas payé ton œuf.

Le blanc d'œuf et le jaune d'œuf se battent jamais ; le jaune sait faire du karaté, tu les connais.

Mitterrand a déposé une gerbe devant l'Arc de triomphe.

— C'est pas vrai ! Il a dégueulé ?!

11 novembre ou pas 11 novembre, j'en ai rien à foutre, moi je ferme pour le défilé ! Vous boirez le 12 !

Je serais nègre, je préférerais manger mes propres cafards à moi plutôt que faire la mendicité aux autres.

Tu te rends compte, les mutins avaient réussi à prendre le directeur de la prison en otage.

— Je te foutrais tout ça en taule, moi !

On peut pas tout avoir dans la vie, deux jambes, deux bras, deux oreilles, deux yeux, c'est déjà beau, et les couilles ça sert qu'au lit, fais pas cette tête-là, va.

Au début j'ai cru qu'il avait trois pieds, je te jure ! Mais en fin de compte, c'était un ancien combattant qui était derrière lui.

Arrête un peu de dire des conneries sans suite.

— Ah je m'excuse, elles sont pas sans suite mes conneries !

Je regarde souvent la voisine d'en face, elle est jamais à poil, mais ce qui s'appelle jamais !

La Bourse de Paris, entre le chaud et le froid, normal, ça rentre ça sort, ça ferme jamais les portes !

La Terre tourne autour de la nuit : quand elle passe devant tout le monde va se coucher.

Les anges ont pas de sexe pour pas que ça pendouille quand ils s'envolent.

L'amnésie totale, tu te souviens même plus que tu es un homme, tu crois que tu es un canard.

Jacques Anquetil est mort, et il a demandé à être incinéré avec son vélo.

On a supprimé la peine de mort, et les gens continuent de mourir. Qu'est-ce que tu veux y faire ?!

Les Ballets russes ont que des betteraves à se mettre aux pieds, tu parles d'une grâce !

On se tutoie, et si tu as besoin de quelque chose, tu n'hésites pas à me demander.

— Tu pourrais pas me dépanner de cent balles ?

— Ah…

Quatre-vingts pour cent des Français sont pour l'euthanasie, à mon avis vingt pour cent sont malades, les autres…

Le beaujolais nouveau est arrivé en camion, il va repartir à pied.

L'année dernière j'en ai trop bu, et cette année aussi.

Si le cheval est le meilleur ami de l'homme, ta femme est une sacrée salope, elle couche avec ton meilleur ami…

Ça m'énerve, depuis ce matin j'ai l'impression qu'on est vendredi.
— On est vendredi.

Ça sert absolument à rien de faire du latin et du grec au lycée, les pays n'existent plus.

Si on arrive à inventer le voyage dans le temps, t'auras des premières classes et des secondes, je te parie ce que tu veux…

De la fenêtre de la chambre on voyait la lumière du phare, et on la voyait plus, et on la voyait, et on la voyait plus, toute la nuit comme ça…

Les grandes marées détraquent le temps mais c'est pas important, pendant les congés on met pas le réveil.

Le jour anniversaire de la révolution d'Octobre, va te balader en forêt, tu vas pas en revenir, les fourmis rouges marchent au pas.

Le riz de l'Oncle Ben's, il ne colle jamais, normal, quand tu mets un nègre dans la casserole tout le monde s'écarte.

Y a pas dix ans les « Castors Juniors » faisaient une bonne action par page, maintenant c'est une toutes les quatre à cinq pages. Les temps changent…

Les enclumes représentent à elles seules un cinquième du poids de la Terre, on en a trop fabriqué.

À aucun moment j'ai perdu le moral. Je me suis dit il va bien finir par ouvrir ce con-là !

Il faut être de mauvaise foi pour confondre l'érotisme et la pornographie, une petite culotte ressemble pas à un gros slip…

Depuis le début de la semaine je dors debout.

— Alors je te ferai remarquer que tu bois en dormant !

J'ai pas tellement confiance quand les curés sont trop jeunes, ils commencent à travailler après seulement trois années de Dieu.

Je serais un vrai fumier si j'étais immortel. Alors, c'est aussi bien comme ça.

La jeunesse est une trop belle richesse pour la confier à des jeunes cons !

L'invention du camembert dépasse de loin la Joconde… non ?… objectivement.

Quand tu fermes les yeux, t'es sûr que les choses continuent d'exister ou elles disparaissent ?
— Je sais pas… en plus je comprends pas.

Le tueur des vieilles dames, il en faudrait quinze dans mon arrondissement, y a que des vieux…

C'est quand même moins grave d'assassiner une grand-mère qu'un enfant, si ça se trouve la vieille serait quand même morte le lendemain dans d'atroces souffrances !

Les pianistes ont rarement de beaux pieds.

Le louchébem c'est déjà dur en français, alors en chinois, imagine un peu…

La gourmandise naît d'un agrandissement des papilles gustatives, un peu comme si t'avais la langue qui bandait, c'est le même mécanisme que la trique en voyant une femme qui lèche un gâteau.

L'Art sert à ce que des mecs se prennent pour des artistes, voilà tout !

Entre hommes, l'amitié c'est à la vie ! à la mort ! alors que les bonnes femmes c'est à la vie ! à la maison !

Jésus s'était même pas essuyé les pieds avant de marcher sur l'eau, tu vas pas boire ça !

Les taxis de la Marne ont fait la guerre, alors je rigole quand je vois un taxi parisien qui a peur d'aller en banlieue !

Six millions de Juifs brûlés, c'est tout de même pas rien !
— Qui aime bien châtie bien.

Elle veut être hôtesse d'accueil, tu parles ! Elle dit même pas « bienvenue dans mon bordel que je passe jamais l'aspirateur et que je laisse traîner mes culottes », quand je rentre dans sa chambre pour qu'elle vienne manger…

L'homme le plus grand du monde mesure treize mètres douze.

— Impossible !

— Je te jure ! Je l'ai lu dans le livre Guinness des bobards…

C'est sympa d'être un fantôme, tu commences à minuit et t'es ton chef…

On fait pas assez d'enfants, du coup l'Europe vieillit, mais si on en fait, c'est nous qui vieillissons.

C'est déjà un vrai miracle de la nature qu'on existe, et qu'on parle, alors marcher droit, c'est du luxe !

Les communistes veulent que tous les gens soient égaux, ben merde ! Ça me ferait mal d'être l'égal d'un communiste !

Tous les Gaulois sont morts, et on sait même pas de quoi…

Pour moi, Dieu est français étant donné qu'il parle le français.

Tu veux quoi ?
— Je sais pas…
— Un pastis comme d'habitude ?
— Je sais pas…
— Fais pas ton Mitterrand !

Les chasseurs sont bien utiles pour limiter le nombre de lapins, sinon on en mangerait tous les jours !

Les femmes c'est comme les brosses à dents, quand elles ont plus de poils, toi t'as plus de dents.

Ma mère c'était une vraie maman poule ! Après avoir pondu elle a marché sur les œufs.

T'es jeune, bien sûr que tu rêves de vivre comme un oiseau sur la branche, mais quand tu vieillis t'apprends que c'est le meilleur moyen pour ramasser un coup de fusil. PAN !

On peut très bien vivre avec deux mille francs par mois, mais on vit très pauvre, évidemment…

Maria Callas arrivait à casser des verres rien qu'avec sa voix.
— C'est ça ! Eh bien moi je l'aurais fait balayer avec la mienne !

J'achète des lièvres à un éleveur et je leur fous un coup de fusil, je les vends plus cher et les clients aiment bien trouver des plombs, le lendemain ils viennent me voir en disant que c'était excellent le lièvre que j'achète à des chasseurs…

À neuf ans Mozart composait des sonates, moi à neuf ans je tirais les sonnettes, on est peut-être de la même famille, va savoir ?

Certains malades souffrent tellement que les infirmières sont obligées de mettre la radio à fond.

Beethoven était sourd, et après ?… moi j'entends pas bien non plus.

À l'époque préhistorique, chaque fois que la Sainte Vierge apparaissait dans la grotte de Lourdes, elle prenait un coup de massue.

Je vous offre quelque chose ?
— J'aimerais autant que vous le payiez…

Sans déconner, je donnerais bien mon sang mais j'ai peur des piqûres, si au moins on pouvait le donner sur un sucre.

Ta radio, elle marche sur ondes courtes ou sur ondes longues ?

— Qu'est-ce que ça peut te foutre, t'es pas coiffeur !

Apéro, c'est le diminutif de Apéritif, qui lui-même est le diminutif de Dix Apéritifs… t'as vu un peu la science…

Les conneries, ça entre par une oreille et ça sort pas par l'autre, d'où avantage.

Il a pas l'habitude de travailler, ça se voit, il s'y prend comme un tire-bouchon sur une guillotine !

Le gaz, ça a la même odeur que les fuites, t'as remarqué ?

Le Loto c'est truqué alors j'y joue pas, j'aime pas tricher.

Les voitures sont les premières responsables de la pollution, et encore plus les camions poubelles.

Un maître de l'univers paierait certainement trop d'impôts.

— Ça serait normal, tu me diras…

Les cèpes, il faut les cueillir petits. Si tu attends trop, on les a cueillis avant toi.

On peut pas vraiment dire que l'Égypte soit un pays moderne, en tout cas pas avant qu'ils rasent les pyramides pour construire du moderne. C'est vrai, quoi…

Il est bouchonné !

— Non ?

— Poisson d'avril !

Le nylon a changé la vie des femmes, elles repassent plus les chaussettes.

C'est de plus en plus rare un très bon camembert… c'est peut-être la pollution ?

Même chez les travelos ça existe pas une fille qui a une bite, la plupart du temps c'est les garçons qui font l'effort de se pousser les nichons, eh oui…

Si tu regardes du cinéma muet, t'as pas intérêt à être myope en plus, c'est moi qui te le dis.

Tu vas pas gueuler si je t'ai marché sur le pied alors que tu t'en sers jamais !

Je suis là, sur la tombe de Pétain, à pleurer, à pleurer…
— Vous avez raison, c'est un drôle de rêve.

Une passoire, c'est des trous qu'on a coulés dans du métal, non ?

Que t'aimes pas Freud, d'accord, mais en dégoûte pas les autres, quoi, c'est vrai…

Avec ta tremblote, c'est pas toi qui nous aurais ramené l'encre de Chine !

Pour que les gens arrêtent de se battre, qu'est-ce que tu veux, faut taper dessus…

Magasin de nouilles, fermé, magasin de jambon, fermé, retour au magasin de nouilles, fermé, retour au magasin de jambon, c'est ouvert mais y en a plus, c'est ça la navette russe !

J'ai le hoquet depuis hier soir.

— Hier soir, t'avais pas que le hoquet !

Les poignées des poubelles, on peut pas s'en passer pour porter, c'est bien inventé, disons…

C'est la viande qui peut se réincarner, c'est de la carne, le poisson se refilète, tout au plus.

L'automne, ça me fout le bourdon. J'ai des feuilles dans le ventre.

Dis donc, je sais pas ce que t'as bu hier soir, mais tu pues sacrément de la gueule !

— Ah bon… je sens pas…

À force de tout leur interdire aux gosses, tu finis par leur couper les ailes.

— T'as déjà vissé un boulon avec des ailes, toi ? Alors c'est aussi bien !

Il est en France, la moindre des politesses, c'est de pas y rester.

C'est les gens sales qui se parfument.

J'aime pas tellement les pommes, mais j'aime bien la compote.

Il était cliniquement mort.
— À l'hôpital, ça n'arrive pas.

T'as vu ça ?! cent soixante-dix morts à Alger, ça s'arrange pas !
— Si justement, ça s'arrange !

Pour tuer une maladie, faut d'abord la rendre malade… mais ça…

Moi si j'étais le pape, j'irais pas me faire chier en Lorraine, je ferais plutôt la Côte.
— En octobre sur la Côte tout est fermé.
— T'inquiète pas que pour le pape, ils ouvrent les mecs !

Qu'est-ce qu'on fait ?
— Qu'est-ce que tu veux qu'on fasse…

Tout d'un coup, plus une seule lumière dans le bled ! On aurait dit une soucoupe volante qui passait au-dessus et qui aspirait tout le jus pour se faire de l'énergie bon marché. En fait, c'est un pylône qui était tombé.

Qu'est-ce qu'y raconte encore, celui-là ?

Une cabane en rondins pour passer l'hiver, ça leur suffit.

L'âge d'or, c'est quand on gagne de l'argent, c'est compliqué tout ça.

Les fleurs sauvages meurent si tu en fais des bouquets, elles tournent en rond et elles boivent plus leur eau.

L'homéopathie, c'est soigner le mal par le mal ? C'est un peu pédé comme truc, ça.

L'éternité, c'est des milliards d'années ou encore plus ?
— Plus.
— Des milliards de milliards ?
— Non, quand même pas.

Les grands de ce monde, ils ont beau être très très grands, ils dépasseront jamais de la télé !

Napoléon s'est jamais battu à mains nues : trop petit.

Pasteur, à part inventer la rage, on sait pas trop ce qu'il a fait celui-là.

Quand tu te noies, tu revois tous les poissons que tu as mangés, en une seconde !

On vivrait cent mille ans, on aurait la retraite à soixante-cinq mille ans, soixante mille pour les femmes, on ferait des manifs pour l'avoir à cinquante-cinq mille.

Sur une vie on dort vingt-quatre ans, on peut dire qu'on meurt bien reposé !

C'est toujours beau un vieux charpentier quand ça a des moustaches.

La Papamobile ! Vraiment ! Alors pour Drucker c'est une « Champs-Élysées-mobile » ? T'avoueras…

Les petits affamés, ils en parlent toujours quand on est à table.

— Ça dépend des chaînes.

Les dompteurs couchent avec leurs lions, du coup ça s'engueule dans la cage mais ça va jamais beaucoup plus loin.

On naît, on meurt, on est rien sur terre, sinon des gens qui passent… bon, j'arrête de boire, moi…

Tu danses ?

— Abruti !

Les vieux poètes ont des vieilles muses tout abîmées, y a pas de raison qu'après dix mille poèmes elles soient neuves.

Tu remarqueras qu'on est toujours seul à sentir une drôle d'odeur, après, tout le monde la sent mais au début c'est très personnel.

Allô, salut, c'est moi… alors, t'es bien rentré ?… Merde ! C'est pas vrai ! Deux tonneaux ? Et t'as quoi ?… ah tant mieux, et la bagnole ?… ah… elle est foutue… tu passes aujourd'hui ?

Elle s'appelait « Piaf » parce qu'au début elle chantait dans la rue, comme un piaf, aujourd'hui elle s'appellerait « Merde de chien »…

Pour enlever une tache de gras, tu frottes avec ta femme.

Le pire, c'est les on-dit.

Hercule a fait sept travaux, les sept travaux d'Hercule. Ça fait un par jour pendant une semaine. Ton Hercule, il était aussi rameur que tout le monde !

Je croyais que tu finissais à cinq heures ?
— Et alors ?! Il est quatre heures, c'est pareil !

J'ai rêvé que je mangeais des suppositoires, mais à part ça j'ai bien dormi.

La Yougoslavie a des jolis paysages, mais les gens sont laids.

Au cinéma c'est vingt-quatre, mais au théâtre, c'est combien d'images/seconde ?

Si tu vas au Salon de l'Auto, dis que tu viens de ma part, j'ai eu sept accidents !

La guerre de Cent Ans a duré que quatre-vingt-dix-huit ans, mais les deux ans qu'ils ont mis à retirer les armures cabossées sont comptés dedans.

La Terre est belle vue de l'espace, parce que vue de chez moi, c'est pas ça !

L'ère glaciaire, c'était pas une ère à coucher dehors !

Une lampe de poche entre dans la poche, mais pas un sous-marin de poche, c'est là l'exagération du fils Cousteau !

Tu sais pas dessiner, t'es prof de dessin, tu sais pas écrire, t'es prof de français, tu sais pas jouer, t'es prof de musique, tu sais pas boire, t'es prof de gymnastique.

Ah si que c'est bon le gruyère, si que c'est bon !

On regarde pas les volcans parce qu'on trouve ça beau, on les regarde parce qu'on sait pas les boucher.

L'alcool tue mais les alcoolos restent, on a pas trop à se plaindre.

Hitler avait pas d'horaires.

Si tu regardes un feu de cheminée plusieurs heures, il s'éteint.

Ma tête à couper que c'est la mère qui a tué le petit Grégory. Et si c'est pas elle, je vois pas qui ça peut être.

C'est impossible de savoir exactement le nombre de morts qu'il y a sur les routes chaque année, avec toutes les petites routes qui sont pas marquées sur les cartes.

Je sais pas si t'as remarqué, mais maintenant on n'a plus le droit de fumer nulle part. Si ça continue, ils vont nous foutre des bistrots non-buveurs.

L'abolition de la peine de mort ? Ils sont vraiment cons, les socialistes. Ils sont tombés en plein dans le panneau.

Ils boivent du vin, dans les fusées ?

Sur le soleil, il fait jamais nuit.

Plus je prends de l'âge, moins j'arrive à dormir. Si ça se trouve, quand je serai mort, j'arriverai pas à fermer l'œil.

L'affaire Grégory, tout ça, c'est magouille et compagnie. Moi je suis sûr qu'il est pas mort.

Quand le téléphone ne sonne pas, ça sert à rien de le laisser branché.

Si ça existait, on pourrait pas offrir des fantômes, c'est trop dur pour faire des jolis paquets.

Des dieux, y en a un par religion, c'est ça qui fout la merde.

Il a fallu je sais pas combien de millions d'années pour que l'homme arrive à inventer le vin blanc, et il faudrait pas en boire ! C'est plutôt pas encourageant à inventer des liquides.

Ne rigolez pas, braves gens, je suis Dieu !
— Ça y est, il a sa dose.

Jacques Martin ferait un bon président chez les Noirs.

L'aspirateur avale la poussière mais il la digère pas, peut-être plus tard.

Un poète qui se tue en voiture, c'est un mauvais conducteur mais c'est surtout un mauvais poète.

C'est sans comparaison le prix des terrains à Joigny et sur les Champs-Élysées, sans comparaison !

Ils ont mis Guy Lux en prison !
— ???????????
— !!!!!!!!!!!

Les Japonais rachètent Solex ? Ils savent ce que c'est ?

Au fond, c'est des braves gens tous ces intellectuels, comme on dit.

J'aime pas les enfants.
— T'en as deux, non ?
— Oui, mais je les aime pas non plus.

À l'école, j'avais zéro partout…

Le porc, c'est jamais assez cuit et tout d'un coup c'est brûlé !

Et merde ! Sur la chemise !

T'en veux ? je les ramène de la campagne.
— Non, ils sont pleins de merde tes œufs ! C'est pas des poules normales qui pondent ça, c'est des coqs brésiliens !

Ta gueule ! C'est Mozart qui joue.

Les pharmaciens manifestent ! On aura tout vu ! Ces enfoirés qui sont jamais malades en plus !

Si j'étais Dieu, les abeilles feraient du boudin !

C'est la résurrection des ivres morts là-dedans !

Maintenant les mômes jouent à des jeux tellement compliqués qu'on dirait des boulots !

En période de chauffage, on ferme la porte !

Toute cette pluie… Tiens ! c'est trop de pluie !

Tous les jours on vieillit d'un jour, même quand tout est fermé !

Il y a des gens qui font des gosses, et hop, c'est un pape ! C'est dingue !

Les microbes ne ronflent pas.

Au Louvre, en fait, t'as que de la récupération…

Ils ont fait un test, résultat, les capotes anglaises ne sont pas fiables, on aurait des surprises si ils testaient aussi les bites !

Si j'étais un peu bricoleur, je fabriquerais un automate qui se branle, un singe par exemple… bleu. J'y ai déjà pensé.

On leur recommande de faire bouillir l'eau avant de la boire, ils la font bouillir, ils se lavent le cul avec et ils la boivent après… qu'est-ce que tu veux…

C'est un épineux problème…

Moi ça me dérange pas les banalités, y en a des bien.

Tu baves…

La bougie c'est une sorte de lumière chimique, par rapport à l'électrique qui est physique.

Avant de commencer tous les sculpteurs ont l'angoisse de la pierre blanche.

Ça sert à rien la conquête de l'espace, on est allés sur la Lune, des bouts de Lune t'en as plein le Sahara !

Le beaujolais nouveau est arrivé, ça m'étonnerait qu'il en reparte !

L'écrivain qui a le Goncourt, c'est comme si il gagnait au Loto, sauf qu'en plus faut écrire un livre. C'est chiant comme jeu.

T'as intérêt à l'enlever pour faire les vitres, si jamais t'as une bague en diamant !

Mitterrand ne prend qu'une cuite par an, c'est le jour du beaujolais.

C'est très bon pour l'organisme, si on en boit un demi-litre avec du saucisson…

Bien sûr que c'est le moment de te mettre au travail ! Bien sûr !… Il balaye à midi !

Si tu m'écoutais, tu dirais pas que je parle tout seul !

Je suis jamais tombé de vélo, même par terre je reste accroché dessus.
— Tu l'as déjà dit.

J'ai découvert un truc original, les deux boulangers du quartier ferment le même jour.

C'est le système des vases communicants, quand ma femme monte du vin, je le bois… c'est ça les vases, non ?… mais si !

Arrête, j'aime pas qu'on me touche !

Si je fais un pot pour mon départ en retraite, je le ferai mettre en scène par Robert Hossein, il est fort !

Jésus est le fils de Dieu mais on peut pas dire qu'il s'en soit occupé beaucoup, comme tous les mecs.

Je crois en Dieu, j'ai dit JE CROIS, j'ai pas dit que j'étais sûr.

Je voudrais tous vous remercier pour mon cadeau d'anniversaire, c'est gentil, j'ai presque envie de pleurer tellement je sais pas quoi dire…

Attends qu'il l'ouvre, c'est des épluchures.

Tu permets ?! J'étais là avant !
— Alors vas-y.
— Un demi.

Une bulle d'air dans de la moutarde de Dijon, c'est rempli d'air de Dijon, et une bulle dans du miel de Hongrie, c'est de l'air de là-bas, dans le saucisson de montagne c'est du bon air.

— Dans le cerveau aussi t'as des bulles d'air du bistrot, conséquemment.
— Dans le jambon, t'as pas d'air.
— Dans une vache, t'as plein à manger.
— T'es bête, si tu veux savoir.

Moi je regarde jamais les peintures, c'est pas mon truc, du bleu ou du marron ou même du jaune, j'aime pas ça même si c'est pas une belle image peinte… tu vois ?

Avec tous les oiseaux qui se posent dans l'arbre, on va croire que c'est un gros piaf en bois… là, regarde…

C'est la pagaille, t'as un RER sur trois ! Tu sais combien de temps j'ai mis pour venir jusqu'ici ?

Les gens sont cons, quatre-vingt-dix-neuf virgule neuf pour cent… même des fois ça monte à quatre-vingt-dix-neuf virgule dix !

« Rêve d'automne », c'est pas malin comme nom de parfum, quand on rêve c'est qu'on dort en sentant des pieds, les hommes en tout cas. Ah ! C'est un parfum de femme ! Ah d'accord Hector !

Tu me donnes un calva et je te laisse ma montre en gage.

— On est pas au casino ici !

J'ai vu le vieux Dalí à la télé, tout tremblotant avec des tuyaux dans le nez, eh ben je peux te dire que la peinture ça conserve pas !

Ils ont encore vendu un tableau de Picasso à des Japonais, y a plus qu'eux pour vouloir de ça !

Combien ? Dix milliards d'êtres humains en l'an 2000 ? Alors ça je m'en fous pas mal, d'ici là je serai mort !

— Alors ça fera un peu moins de dix milliards.

Si on se faisait vraiment enterrer dans son pays natal, alors on se ferait enterrer dans le ventre de sa mère.

Dans les bandes dessinées, je regarde que les dessins, le texte, c'est pour les mômes.

Avec la drogue t'as l'accoutumance, alors qu'avec le vin t'as juste l'habitude…

J'aime bien l'écouter parler, après il paye un coup.

Un hologramme, c'est comme la fumée de ta cigarette qui prend la forme d'un saucisson, c'est tout.

Si tu tends la joue droite quand on te frappe la joue gauche, qu'est-ce que tu tends quand on t'a tapé dans les couilles ?

Moi j'ai eu six mois pour presque rien comme grammes dans le sang, et Sacha Distel qui a écrasé Chantal Nobel, il a rien ! Si ça c'est la justice, monsieur, alors… alors… moi aussi je vais l'écraser cette femme !

Staline avait des maux d'estomac, pareil qu'Hitler d'ailleurs…

Qu'est-ce qu'ils ont dit à la météo ?
— De la flotte, encore de la flotte…
— Voilà ! Du coup il pleut !

On peut soulever des poids avec la force de la pensée, oui monsieur !

— Tu dis à un mec « soulève ou tu prends mon pied au cul », là je te crois, juste avec la force de la pensée !

Quand on pleure les larmes sont salées, les gens très tristes pourraient élever des bigorneaux sous leurs paupières, comme sous des cailloux au bord de la mer… t'imagines avec des oursins ?! Aïe !… Je t'embête avec mes histoires ?… Bon, je me tais…

Quand j'étais petit j'avais peur la nuit, maintenant j'ai peur le jour…

— T'as grandi, c'est tout.

Si je comprends bien, c'est oui.

— Non.

Pour qui tu votes ?

— Ça se dit pas, mais le mieux c'est quand même Chirac… tu piges à demi-mot, j'espère…

Le jour où je serai une épave, tu me tueras, Roger, jure-moi que tu me tueras ! JURE !

— Oui, c'est juré…

— T'es mon meilleur copain, tu me tueras dis, tu me tueras ?

— Mais oui, je te tuerai.

— Jure-le-moi !

— J'ai déjà juré, JE TE TUERAI ! Ah non, commence pas à pleurer !

Tout ce qu'on demande à un pâtissier c'est de faire des bons gâteaux, alors qu'est-ce que tu vas t'emmerder avec tes bouchées à la reine ?!

— Les gens m'en demandent.

— Mais les gens ! Les gens ! Ils vont te demander n'importe quoi les gens si tu les écoutes ! T'auras même plus le temps de venir boire un coup ! Tu seras bien avancé quand tu seras malade !

Je suis un athlète complet, jambon-œuf-fromage !

Les Américains, je les emmerde tes Américains ! Après tout, c'est rien que des Indiens qui parlent anglais tes gros Américains !

Je connais un seul Pierre et c'est un con, alors moi, les Pierre !

— T'es mal tombé, c'est tout…

— Facile à dire, on voit que tu le connais pas !

L'éléphant peut se mettre trente litres de vin dans la trompe, pour les boire dans l'escalier de chez lui.

Un brouillard ! Mais un brouillard !
— À couper au couteau ?
— Comment tu le sais ?

Tu me passes l'eau ?
— Dis donc, je suis pas ta femme !

Les lapins ont des grandes dents pour rayer les assiettes.

On ne mâche pas assez, du coup on a un mal de chien à digérer, et qui c'est qui trinque encore là-dedans ? C'est nous.

Laisse tomber va… tourne la page…
— Ta gueule ! Ma vie c'est pas le bottin !

Il boit comme un trou percé !

T'as regardé « 30 millions d'amis » sur les escargots ?
— Moi, plus de quatre douzaines, je peux plus regarder !

Les nains, c'est de naissance obligatoirement, tu deviens pas nain à l'armée, au milieu de la cour.

Tu verrais son nez ! On dirait un phare tout le temps allumé !

Tu veux que je te dise ?
— Dis toujours.
— L'or va baisser.

Si Dieu avait eu une fille plutôt qu'un garçon, la religion n'existerait pas, Mademoiselle Jésus, c'est pas pensable ! Ils auraient pas osé la crucifier, ils l'auraient mise en pension.

Quand on sait pas boire, on mange un peu…

Un peintre qui expose à New York doit bien se douter que les visiteurs vont tout lui salir, et encore si il a de la chance, et si ils le bousculent pas dans les escaliers !

Tu peux pas jouer de la trompette la bouche pleine, alors que le tambour tu peux en jouer même le midi…

Tel père tel fils de con !

Il paie souvent à boire, il a un cœur d'or.
— Vous me le présenterez ?

L'eau est potable alors que le vin est comestible, nuance.

Vous pourriez déplacer votre camion, il bouche toute la rue…

— Vous voyez pas que je suis avec des amis, non ?!

Un communiste averti en vaut déjà plus que la moitié d'un !

La meilleure de toutes les huîtres, c'est la Belon, je pourrais en manger toute une douzaine.

— C'est pas beaucoup…

— Ah si, c'est beaucoup pour moi qui n'aime pas ça…

Il est peut-être pas raciste Mitterrand, mais en attendant t'as pas d'Arabes dans la Garde républicaine !

Si tu fais sortir la Vierge d'un chapeau, c'est plus un miracle, c'est de la magie, va t'y retrouver !

Quand je serai vieux je veux mourir au bistrot, comme Molière.

Le sang du Christ c'est du vin, alors le sang du diable c'est minimum du calva !

Tu viens ?
— Où ça ?
— Ben en face, tiens !

Tu t'y connais un peu en plomberie ?
— Non.
— T'as déjà touché à un tuyau ?
— Non.
— Alors je vois pas pourquoi tu veux que je parle de toi à mon patron ?
— C'est bien payé.

On est poussière et on retournera en poussière comme les moutons qui retournent sous le lit…

T'as des mecs comme ça qui sont des génies, dès qu'ils touchent à quelque chose c'est formidable. Prends Stradivarius, il a fait des violons qui coûtent plus cher qu'une bagnole !

La corne du rhinocéros est aphrodisiaque, si on t'en met dans la soupe, à neuf heures t'es au lit…

Elle a été vachement meurtrière la guerre de 1870, il n'y a aucun survivant !

Un poisson pourrait vivre sous la douche, si tu laisses l'eau tout le temps ouverte et que tu le suspends en dessous…

Ça fait vingt-quatre volumes d'encyclopédie pour seulement deux cents balles par mois, ça vaut le coup !

— Tu vas acheter ça toi ?

— Dedans t'as tout !

— Tout quoi ?

— Tout sur tout !

— Tout quoi sur tout quoi ?

— Je sais pas moi… la naissance de Napoléon, des trucs comme ça.

— La naissance de Napoléon, pour deux cents balles par mois, ben merde alors !…

— T'as pas que ça évidemment !

— Y a quoi encore ?

— …

— T'as des fiches cuisine ?

L'alphabet ne fait que vingt-six lettres, et me demande pas pourquoi.

Souvent le courage fait faire des conneries, tu te lèves plein de courage, tu vas bosser, crac, c'était dimanche !

Une bonne gueule de bois, je te jure que t'as plus envie de faire la guerre ! C'est le pinard qui peut sauver l'homme…

Les corbeaux volent sur le dos pour pas voir la campagne tellement elle est triste par là-bas…

Dans aucun western tu vois des mammouths, pourtant ça fait de la viande pour les Indiens…

T'as bouffé de l'œuf à midi toi !
— Non, ça c'est une tache d'hier.

Elle reste une heure devant le rayon à choisir sa lessive, comme si dans la famille on faisait des taches modernes…

À la morgue ils découpent les gens en morceaux pour savoir de quoi ils sont morts, ils trouvent, mais c'est trop tard…

« Sur la porte de ma vie
J'ai cloué ça m'suffit »…
— C'est toi qui as écrit ça ?
— Ouais…

— Tu l'as lu au patron ?
— Pas encore…

Les pilotes d'hélicoptères ont même pas droit à un seul pastis, c'est con, parce qu'avec un hélicoptère on peut se poser partout.

☕

C'est les rêves de grandeur qui font bander le matin quand on se réveille !

Les mini-baleines naines, on les foutrait dans l'huile, ça traînerait pas !

Tu vas encore reprendre une bière ?!
— Tu vas pas me faire chier parce que tu as arrêté y a deux jours !
— Je te jure, depuis que j'ai arrêté, ça me dégoûte ! Je pourrais plus en boire une seule, on est tellement en forme le matin !
— C'est ça…
— J'ai pas de conseil à te donner, mais à ta place… un peu de vin à table et c'est tout.

C'est dégueulasse ton jus de fruit, ça me rappelle quand j'étais petit !

Mange un yaourt, ça rince bien…

Tu le crois ça, leur histoire d'extraterrestres qui n'existeraient pas encore ?

Quand je vois mon slip, des fois j'ai honte d'être français !

Faut pas trop se plaindre, on pourrait être des fourmiliers…

Ce qu'on aurait besoin, c'est un pape musclé !

Jamais tu fermes ta gueule ?
— Pour dire quoi ?

On en voit plein en ce moment avec le froid, des vols de tout petits oiseaux, gris avec le ventre vert et une plume sur la tête, c'est superbe !
— Et ça se bouffe ?
— Bien sûr que ça se bouffe !

Voler, c'est le plus vieux rêve de l'homme après gagner au Loto !

Si un météore tombe dans ton jardin, personne te remboursera ce qui a été écrasé, personne !

Tu connais pas Didier ? Holà ! Le matin c'est docteur Jekyll, le soir c'est maître Kanter !

Tu trouves pas que c'est un peu clair comme costume pour aller à un enterrement ?
— C'est salissant surtout…
— C'est pas moi qu'on enterre, abruti !

Molière travaillait avec des chaussons parce que tu vois, quand on reste assis longtemps, on a froid aux pieds, ceci dit, il avait qu'à se lever tu peux me répondre… c'est vrai… Molière, c'est pas le courage en personne…

Elle est mariée avec un milliardaire américain et elle est malheureuse, alors autant qu'elle soit mariée avec un dixfrancsdaire français !

Sur Mars ils ont vingt-deux yeux, une télé c'est pas assez !

Y a une goutte qui est tombée sur ta voiture…

Si la fève dans la galette est couplée à une balise Argos, tu la localises facilement par satellite et à chaque fois t'es roi !

Le roi dit « nous voulons »…
— Nous voulons téléphoner.

On a beau dire, des fois c'est le contraire.

Robert Hossein a raison de faire son spectacle sur les résistants, sur les collabos il aurait jamais trouvé assez de figurants !

L'araignée meurt à côté de ses œufs et quand ils éclosent, les petits la mangent…
— Et ils boivent quoi ?

Une puce qui s'immole par le feu, qu'est-ce que c'est que cette connerie ?
— C'est une histoire.
— Ah…
— …
— Eh ben raconte !

Si la lumière peut faire trois cent mille kilomètres/seconde, elle doit pouvoir faire trois cent mille vingt-quatre kilomètres/seconde, c'est toujours vingt-quatre bornes en plus.

Au musée Grévin, t'as même pas un buste d'abeille !

J'en lis de la lecture.
— Quelle lecture ?
— Toutes les lectures.

J'étais jeune pendant la guerre, après j'ai vieilli.

Pas moyen de rouler droit avec mon bar roulant…

Tu avances ta montre d'une heure vu qu'on passe en horaire d'hiver !
— Mais non, je la recule !
— Oh ! Les deux là, vous allez recommencer ça tous les ans ?

C'est Dame Nature…

C'est pas en mettant Pivot au musée Grévin qu'on va lire plus !

T'as vu toute la cire qu'on trouve dans les ruches, et pas une paire de patins !

La tour Eiffel, c'est français, et pourtant qui c'est qui en profite ?!

Putain, il avait la santé, il déconnait comme un malade !

La Terre est une grosse pomme et nous on est des petits vers dessus, j'explique ça comme ça…

À cause de la sécheresse on ne trouve pas de champignons cette année, ça arrange bien ceux qui devaient s'empoisonner !

Si en passant à l'horaire d'hiver on gagne une heure de sommeil, pourquoi on le fait pas tous les jours ?

Elle a eu une jolie pelle à tarte.

Je préférais les punks, finalement…

Le matin, il est sympa.

Dans le doute, tu dis que tu sais.

On est passé de l'été à l'automne, j'ai rien vu.
— C'est l'Europe des saisons.

Le perroquet comprend pas ce qu'il dit, il répète comme un âne.

Qu'est-ce que c'est bête, si t'y penses, les œufs mollets.

Leurs embryons congelés ça doit faire froid au cul, non ?

T'as vu ça le torero qui se fait foutre en l'air par le taureau ?!

— Non.

— Il est paralysé.

— Si il est paralysé, qu'est-ce qu'il foutait dans l'arène ?

Ça y est, j'ai un bébé !

— Gros comment ?

— Un petit bébé.

Tu peux pas bouffer une fondue dans un igloo.

C'est bien agréable de voyager dans un taxi qui met de la senteur.

Jésus a disparu et on ne l'a jamais revu.

— Tu crois en tout ça ?

— Oui, et il reviendra.

— Quand ?

— Il attendra que tu sois mort en tout cas.

S'ils vendent les petits-suisses par six, c'est pour que les gens fassent des gosses.

À chaque déraillement de train, ils font un alcootest au conducteur. La confiance règne !

Si tu bois un Ambassadeur et que tu dégueules, ça fait un incident diplomatique.

À mon avis, les mecs qui font les routes, c'est pas des mecs qui conduisent.

La mort me fait pas peur, mais ce qui me fout le trac c'est de pas savoir en quoi je serai réincarné.

J'aime pas regarder les vieux. C'est comme si tu regardes la voiture qui roule devant toi.

Un repas sans vin, c'est comme une forêt dans laquelle tu te promènes et t'as pas de vin.

Les virages, ça sert qu'à ceux qui tournent.

Tuer les Juifs pour faire du savon, c'était un prétexte. En fait, ils les tuaient parce qu'ils les aimaient pas.

C'est des enfoirés les mecs qui ont cloué Jésus sur la Croix. Ils auraient pu le coller.

Je sais bien que c'est dangereux de conduire bourré, mais on va tout de même pas rentrer à pied !

Le pain, c'est le corps du Christ ; le vin, c'est son sang ; le Boursin, je préfère pas savoir.

Je te jure que j'ai vu un OVNI, et c'était pas une hallucination collective, j'étais tout seul.

Si tu veux vivre très vieux, tu nais très tard.

Je préfère pas savoir la date de ma mort, celle de ma naissance me fout suffisamment le cafard.

Plus ta vie est con et moins t'as peur de la mort. C'est ma philosophie de la vie.

Si je rentre à jeun, ça veut pas dire que les bistrots existent pas. Pour Dieu, c'est pareil.

L'autopsie est nécessaire pour savoir comment est morte la victime. Si tu trouves du poison, elle a été empoisonnée ; si tu trouves une voiture, elle a dérapé.

Ils ont donné le prix Nobel de la paix à un lama, pourquoi pas à une vache de chez nous ?!

Autant que ce soient les fourmis qui deviennent maîtres du monde, on peut marcher dessus.

Qu'est-ce que tu fais pour le beaujolais nouveau cette année ? Tu mets du saucisson comme l'année dernière ?

T'as ramassé mon verre ? Ben et le fond ?!

Dans le quartier il reste que deux vieux, les gens sont contents parce que c'est un quartier jeune, tu verras comment ils seront contents les gens dans soixante ans, et leur quartier jeune comment y sera !

Si les Chinois pondaient un œuf tous les matins, ça ferait un milliard d'œufs tous les matins, je te dis pas le nombre d'œufs que ça fait !

Je vois pas pourquoi on dégueulasserait pas l'Antarctique, de quel droit ?

Avec un seul œil au milieu comme les cyclopes, tu peux pas bien conduire dans Paris.

Comme il est aveugle il trempe son doigt dans son verre pour voir le niveau, on l'appelle Capitaine Némo.

Quarante-deux heures le baiser le plus long du monde à la télé ! Quarante-deux heures ! T'imagines si ta femme arrive ?

Dans l'espace y a pas d'air, donc… les extraterrestres ont pas de poumons…

Souvent les vieux dans les hospices demandent qu'une chose, mourir dignement, et deux secondes après ils chient au lit, faudrait savoir !

Le bouddhisme, c'est farfelu.

L'Église dit rien sur les chiens qui s'enculent…

Tu seras où pour le beaujolais nouveau ?
— Près de la porte.

Un arc-en-ciel sera toujours pareil, c'est bien réglé.

Les couleurs sont toujours dans le même ordre, il a raison.

Heureusement qu'il y a un comptoir, sinon on serait là, debout comme des cons…

Avec ce putain de brouillard on n'y voyait pas à vingt mètres, même dix-neuf c'était juste…

C'est comme si la femme couvait un œuf qu'elle a dans son ventre.
— L'enfant sort et après elle chie la coquille.
— Qu'il est con ce mec…

Dieu est invisible, sinon tu verrais qu'Il est partout, même là derrière le comptoir, partout !

Si t'aimes pas faire le café, t'es pas garçon de café, c'est vrai, quoi, merde…

Tu vas refaire le comptoir, tu mets un neuf ?
— Depuis le temps que je l'ai ce vieux-là !
— Un neuf tout neuf ?
— Un moderne.
— Ah… il est comment ?
— Moderne je te dis, avec du bois en moulure…
— On peut s'appuyer ?
— S'appuyer mais pas se vautrer !
— Ah…

C'est vrai, tu vas changer ton comptoir ?
— Je fais ce que je veux tout de même !

Ça existe pas, le cimetière des vieux comptoirs…

Il pense tout haut, du coup on entend bien qu'il est con !

Quand je suis bourré je suis très généreux…

T'y penses encore ?
— Qu'est-ce qu'elle était bonne c'te choucroute !

Il est tout mignon notre pépère sans sa moustache.
— Petit con !

Tu penses comment ?
— Comment quoi ?
— Comment ?
— Je ne comprends pas.
— Hein ?
— Où c'est qu'il est le téléphone ?
— À qui tu veux téléphoner ?
— Hein ?
— On s'en va ?
— Où ?
— Moi j'ai assez bu…

Je vous reconnais ! Vous êtes le monsieur qui écoute les conneries dans les cafés ?
— Un demi s'il vous plaît…
— Ici vous risquez pas d'en entendre beaucoup.

Tout ce qu'il dit, c'est vrai.

Je suis en arrêt maladie.
— Un samedi ?
— Oui.

Les hérissons ont des piquants pour se défendre, les oursins aussi, et les pelotes de laine elles ont des aiguilles…

Tu pues de la gueule.
— Et alors ? Je t'emmerde moi !

J'ai jamais eu rendez-vous chez un dentiste !

Ça me dépasse…

Ils mettent des trucs dans les notes pour que la musique soit triste, sinon comment veux-tu vu que c'est les mêmes notes qui servent pour la musique gaie… en plus… encore tu vas pisser ? Dis donc, t'as une petite vessie…

Quand je suis chez moi et que je regarde par la fenêtre, je vois dehors…

Alors là rien à foutre ! Je pars à moins le quart et tant pis si ça gueule à la boîte !

On chasse mais le gibier on le mange pas, on est pas nègres, hein ? Hein ? Hein ?

La vraie merde serait qu'on meure tous en même temps, les uns derrière les autres comme en ce moment, ça arrange tout le monde finalement…

Dommage qu'on mange pas les arbres, ça a l'air bon…

Quand l'arbre perd ses feuilles, elles vont par terre à côté.

Les étoiles sont dans le ciel étoilé, c'est mieux que sur la route, on en écraserait plein.

Avec Melun on peut faire Mulne.

Je suis arrivé le dernier, c'est normal que je parte le dernier, je demande trop là, je demande trop ?

À partir de quarante ans une femme risque d'avoir un mongolien, alors à quatre-vingts, c'est un scorpion louche qu'elle risque d'avoir !

C'est possible de payer demain ? Non ? Ah…

J'ai pas tellement envie de savoir l'heure…

Moi j'ai mon beau-frère qui a un Mitchell comme moulinet, il est content.

Les cannibales mangent de la viande humaine, du coup ils chient de la merde humaine !

Tu fumes beaucoup ?
— À la maison non, mais quand je suis assis au boulot à rien foutre, oui…

Le beaujolais nouveau est arrivé !
— Une Suze.
— Quel chieur celui-là !

C'est un vrai antiquaire, il a que des vieux meubles chez lui, il garde tout…

J'aime bien cet abat-jour, c'est quoi le dessin qu'on voit dessus ?
— Des pommes.
— C'est tout ?

Si t'es meurtrier, tu peux plus t'endormir, t'es crevé.

Elles sont souples ces femmes-là, elles mangent des chewing-gums avec les fesses.

Ça, c'est une carafe d'eau du robinet…

La Terre existerait pas, tout ce qu'on laisserait tomber par terre, on le retrouverait jamais…

Le cyclope a l'œil au milieu du front, là où nous on n'a rien.

L'oignon est un légume qui fait pleurer quand on l'épluche, c'est comme la bite !

On ne boit pas dans n'importe quel verre !
— Moi ?
— Oui toi, je t'ai vu !

— C'est pas vrai, c'était juste pour regarder la couleur !

— Et c'est quelle couleur ?

— C'est du vin rouge avec une goutte de cassis.

— Les communards étaient plus francs que toi.

Un frigo presque neuf sur le trottoir, à Versailles !

Sur une carte du monde pas dépliée, le monde fait plus petit !

Je vais pas le regretter le mur de Berlin, je vais surtout pas tarder à m'en foutre !

L'ombre, c'est de la particule qu'on projette sur les murs.

C'est un petit arbre, quand il sera grand il veut être mât de bateau mais il pousse tout de travers parce qu'il est con…

Elle prend la pilule, alors maintenant à table Mademoiselle ne veut plus de rond de serviette !

Si Mozart avait été pâtissier, à cinq ans il aurait fait son premier gâteau.

Moi je ne pourrais pas être chinois… tu me vois moi, un Chinois ?!

On aura vu ça, le mur de Berlin qui s'écroule !
— J'ai ma télé cassée.

Le monde comme celui dans lequel on vit n'est pas pire que le monde dans lequel d'autres ont vécu pour certains progrès, mais par contre…
— Ta gueule coquille !

Finalement, ça fait chier tout le monde que le Mur existe plus…

Balzac et Zola, les deux, c'est pas long à lire.

La charcuterie, c'est comme des animaux en tout petits bouts qui portent des cornichons.

On peut faire la cuisine sur un volcan, mais faut des casseroles avec des grands manches.

La ponctualité est la politesse des rois, normal, y a qu'eux qui avaient des montres !

Toi aussi t'as intérêt à te tenir à carreau !

Si tous ceux de l'Est viennent à l'Ouest, on va plus avoir de places assises.

Avec le thon on peut faire des miettes, c'est pour ça qu'on le surnomme la biscotte de la mer.

Ça marche pas de conserver quelqu'un dans la glace et qu'il reste vivant… déjà pour le poisson ça marche pas, alors pour l'homme !

C'est pratique maintenant, si Dieu est en panne on peut aller le chercher avec le bras articulé de la navette.

T'as bouffé du piment ?

— Non.

— T'es bizarre, t'arrêtes pas de te gratter le fion.

T'as vu ça dis donc, Hernu qui meurt à la télé ?!

— Décidément ! Avant c'était la vie privée qu'on voyait, maintenant c'est la mort privée !

— La mort c'est aussi la vie privée…

— Non, c'est la mort.

— Bon… on filme bien les…

— Non.

À chaque fois les Arméniens se font massacrer…
— Ils plaisent pas, ils plaisent pas, qu'est-ce que tu veux…

Tout ce qui se passe à l'Est finira dans un bain de sang, en tout cas au moins une douche !

C'est comme l'autre qui est mort, le Ceausescu, on voit tout, et finalement on s'en fout.

Dis donc, avec le bordel à l'Est, c'est pas le moment d'être arménien !
— C'est jamais le moment…

J'aimerais bien avoir un gosse comme Ourasi.
— Le cheval ?
— Oui, le cheval.
— T'es marteau !

Le gosse veut que je l'amène à la patinoire.
— T'es fou ! Si tu tombes t'es coupé en morceaux par les autres !
— C'est dangereux ?
— Un peu que c'est dangereux, y a souvent des morts même !

— Ah…

— T'as qu'à l'amener ici, y a des jeux !

Quand on est vieux, on est tellement tout seul, on sert à rien.

— Justement, tu me sors les tables, pépère ?

— Ah oui alors… ah oui !

Je préférerais mourir qu'aller à l'hospice !

— Tu feras les deux.

C'est plus fort qu'eux…

— Comment ça, plus fort qu'eux ?! faut déjà l'acheter, la drogue ! Est-ce que t'en achètes toi, non, alors dis pas que c'est plus fort qu'eux ! Personne n'est obligé d'acheter ! Aucune loi oblige à acheter de la drogue, alors, hein… alors ?

— Oui, bien sûr…

— Eh ben c'est tout !

Merde ! Mon porte-monnaie ?!……… AHHH-HHHHHHHHHH… OUF… il était au fond de mon sac !… vilain !

Combien tu pèses, toi ?

— Bof…

— Bof combien ?

— Bof cent deux…

Le chat qui mange du lapin ne sait pas qu'il a le même goût.

— Rien pigé.

Les coccinelles mangent surtout les pucerons.

— C'est minuscule !

— Elles en mangent plusieurs.

— J'espère pour elles !

Jésus est monté au ciel et il est redescendu, c'est comme une transmission de Jésus par satellite…

Les cactus sont pleins de flotte vu que dans le désert t'as pas de pinard, c'est tout !

C'est où le foie ?

— Au bout d'un moment, c'est partout !

Si la télé avait existé, on aurait vu la mort de Jésus en direct !

La nuit les puces font des grimaces, on croit que c'est des morpions.

Quand t'es vieux, le minimum pour le moral, c'est de pas avoir un vieux chat en train de mourir, bien sûr, c'est le BA-BA.

Je croyais que tu avais arrêté de fumer ?
— Oui, j'ai arrêté.
— Et ça, là, ta cigarette ?
— La cigarette là ? C'est parce que j'ai repris.

On ira sans doute à la mer, ça fera du bien au petit les diodes.

Toute cette pluie… ça nous promet des jours pluvieux…

Une oreille coupée ? Mais pourquoi ?

T'as de tout dans ces restaurants, faut bien faire attention à la commande, tu commandes une langouste, t'as une mangouste, une limande, t'as une limace, et ainsi de suite. Faut surtout bien lire la carte.

Il fait comme les poulpes, quand il est suivi, il chie dans son froc.

Les chaussettes de l'archiduchesse sont encore un petit peu mouillées, archi un peu mouillées… c'est facile à dire finalement…

Personne peut interdire à un autre de dire « Bonjour ! »…

— Quand je t'ai dit « Ta gueule ! » c'était pas méchant…

Le papier peint qui se décolle, alors si y a un truc que j'aime pas, c'est bien le papier peint qui se décolle !

La fête des morts… ça fait africain comme fête je trouve…

Je sais pas ce qu'on va faire… sans doute on va aller sur la tombe de sa mère…

— Elle a plus sa mère ?

— Ben non ! Sinon je vois pas ce qu'on irait faire sur la tombe, excuse mais c'est vrai quoi !

T'as beau te moquer, n'empêche il en faut des marchands de marrons…

Un vétérinaire qui mange de la viande, c'est un docteur qui encule un malade, ça, monsieur !

Tu vois, cette fille-là, j'ai bandé dedans…

C'est jeudi le beaujolais nouveau ?! Jeudi là ?! Qui vient ?! Ce jeudi ?!

Pour le beaujolais j'ai pris ma journée.

Ils m'ont mis à la retraite ! Moi ! Gaston Bobine !

Un homme préhistorique qui reviendrait sur terre maintenant, il ferait la couverture de *Paris Match* et après ?

Ce qu'on sait pas pour le sida, c'est si ça fait mal…

Mais les casseurs on sait qui c'est ! On a même des photos pendant qu'ils cassent ! Mais comme c'est des fils de ministres, on étouffe…

Ça a toujours été comme ça depuis la sixième République…

Y m'embrasse, y m'embrasse, y m'embrasse, et le lendemain y se rappelle plus de moi…

Il sait plus quoi inventer pour qu'on le prenne pour un con celui-là…

L'éducation, c'est inné…

Les icebergs et les montagnes c'est pareil, t'as un tiers qui dépasse et le gros bout, il est sous terre.

Quand King Kong escalade la tour, normalement les gens dans les bureaux devaient lui voir ses grosses couilles collées aux vitres.

Ça fait vingt ans qu'on se connaît avec lui, on a fait toute la France ensemble…

— Ah dites donc…

— Eh bien il ne me connaît pas, et vous savez pourquoi il ne me connaît pas ?

— Non…

— Parce que je suis MYS-TÉ-RIEUX !

— Ah dites donc…

La Terre va exploser, à force elle explosera.

— Tant pis… ou tant mieux ! Les montagnes à reconstruire, ça donnera du boulot !

Si t'écoutes la publicité, avec un yaourt t'as des sensations, avec la soupe t'as des émotions, et avec le saucisson t'as des évasions ! Je sais pas, mais en tout cas avec la pub, on a de ces cons !

De toute façon l'homme va disparaître, et à la place y aura des lapins.

Tu vas pas conduire dans cet état-là !
— Ça va.
— Tu parles ! Si je mets des roues au comptoir, tu te casses la gueule !

Le chat, il est tout le temps couché sur la télé, et il joue avec l'image, il donne des coups de patte pour attraper ce qui bouge… des fois c'est des trucs sur le sida, y s'en branle lui !

C'est bien, un animal contre la solitude, un chat, ou même une puce, ça occupe…

Si en 68 t'avais acheté du vin plutôt que faire des conneries, on aurait des bouteilles de 1968 !

J'ai du mal à croire qu'une femme peut conduire un tracteur.

Jésus martyr ? Si ça se trouve avant il avait pris des cachets !

Les travailleurs clandestins passe encore, mais c'est les rien-qui-foutent clandestins qui sont trop nombreux !

Moi, quand je travaille pas, je sais pas quoi faire… — Moi c'est quand je bosse que ça me fait ça !

Le racisme, ça vient qu'on n'a pas de boulot ? Tu parles ! moi j'ai du boulot, et t'as pas plus raciste…

Une merveille de la nature, tu veux que je te cite une merveille de la nature ?… euh… pisser loin ?

Ils cultivent le champignon de Paris dans des souterrains, ce qui lui donne son air de prisonnier politique…

Le mieux à dire à un mourant, c'est qu'il a chaud aux pieds…

J'ai une sœur qui est morte quand j'étais petit, on avait le même âge.

— C'est pas bon d'avoir le même âge que quelqu'un.

L'âge, c'est personnel !

Au fait, je t'ai dit ?! J'ai trouvé du boulot !
— Ah non, tu m'as pas dit, où ça ?
— Dans un petit supermarché, et si je me démerde bien je pourrai piquer des trucs et les revendre…
— Putain t'as du pot, parce que trouver du boulot en ce moment !
— Et du boulot où on peut piquer !
— En plus !… putain t'as du pot… y cherchent pas quelqu'un d'autre ?
— Je peux demander…
— À tous les deux, t'imagines ce qu'on pourrait piquer ?!
— Oui oui, je vais demander…

L'automne dans la forêt d'Amazonie, tu prends des feuilles de quatre mètres sur la gueule !

Pendant l'automne, les éléphants ont les oreilles qui jaunissent. Au printemps ils ont des énormes bourgeons comme ça, sur les côtés.

Le service militaire à dix mois c'est idiot, ça fait même pas un an…

— Ils ont qu'à arrondir à un an…

— Ils viennent de le mettre à dix mois, c'est pas pour arrondir à un an, qu'il est con !

Et ta sœur ?

— Ça va.

Si tu sonnes la messe avec une cloche fendue, ça attire les fous, si si, les zinzins…

Si le communisme existe plus, va falloir inventer une autre connerie… mais laquelle ?

Y a pas deux manchots qui ont exactement les mêmes empreintes de moignons…

C'est les piafs qui vont picorer la couche d'ozone… c'est pour ça que le trou s'agrandit…

J'ai rêvé d'une pompe à graisse alors que, tiens-toi bien, j'en ai une dans le garage !

Ils ont qu'à interdire les pays de l'Est, et qu'on en finisse !

Un, c'est un chiffre rond pour moi.

Quand tu mets ton oreille contre l'escargot, t'entends le cœur qui bat…

— Surtout si l'escargot il a couru !

Y a des reportages qu'on a vus cent fois, genre documentaire sur les mini-nègres.
— Les Pygmées ?

Ça doit être intéressant de se trouver à l'intérieur de la vache quand se crée la bouse, au niveau scientifique je parle…
— C'est de la curiosité malsaine, tout ça…

Jésus a jamais bossé, finalement…

… de quoi je me mêle…

Au cinéma je m'endors à cause de la grande image, ça me fait comme au bord de la mer.

Chez les Pygmées t'as que des quarts de litre…

Moi ça me plairait pas qu'on m'appelle monsieur Bidule, lui ça lui fait rien.
— Y porte bien son nom, finalement…

C'est une vedette dans le quartier, il a été à la même école que Bourvil…

Je lisais pas quand y avait Pivot, je vais pas commencer parce qu'il est plus là !

Il a pas de freins sur son vélo, et tout ça finira mal…

Pour moi, faut que la femme soit jeune, sinon ça gâche le film.

On peut être beau à l'intérieur et laid dehors, mais franchement, moi je préfère le contraire.

Ça se voit qu'on est à l'automne, elle est toute feuille morte la patronne.

C'est bientôt les vendanges, alors le raisin attend le taxi.

Imagine ce qui peut se passer si tu laisses tomber le rasoir électrique BRANCHÉ dans la mer ! T'imagines l'électrocution jusqu'en Amérique ?!

T'imagines ?

Tu m'écoutes ?

J'ai pas d'ordre à recevoir de ma télé !

Et ces vacances ?

— À chier !

Il veut commercialiser des étagères en forme de Gainsbourg.

— … ?!

— Ben oui, je sais, c'est bizarre, il dit pour ranger des disques.

C'est la fin des idéologies.

— Moi je m'en fous, j'en avais pas, d'idéologie. D'habitude, toutes les merdes qui marchent pas je les ai, pas celle-là !

L'homme est pas fait pour travailler, c'est pas naturel.

— C'est anomalique.

— Mais oui…

On a fait des promenades dans les bois, on voyait personne jamais, comme dans une forêt contaminée… ah on était bien tranquilles !

Si le Loto se jouait au niveau planétaire, c'est des gains de mille milliards qu'on verrait !

— C’est trop.

Le cochon c’est pas tellement sauvage, on en trouve dans les assiettes…

Une taupe, si elle sort et qu’elle perd les clefs de la motte, elle est bonne pour coucher dans le pré.

Moi j’aimerais bien être chanteur à l’Opéra, mais le malheur c’est le bordel pour se garer.

Quand le mec lui a tiré dessus, pourquoi il a pas fait un miracle le pape pour se défendre ?!!!

— Il a pas le droit de faire des miracles, y faut que les mecs soient au moins dix.

Un bordel dans sa boucherie, une vache y retrouverait pas son veau !

À l’ère glaciaire, tout n’était que glaçon.

Paraît qu’Yves Montand a commencé en faisant du porno…

— Oui, c’est pas tellement étonnant.

Après l'ouverture des frontières, tu sais ce qui va se passer ? Tout le monde va demander la fermeture des frontières ! Tu paries ?!

Il vend des œufs, y a pas de jaune dedans, et personne sait comment il fait pour les enlever… mystère…

Sur la Lune c'est presque comme du désert, ça m'étonnerait pas qu'on trouve des chameaux… un jour…

À l'époque, avec une pièce d'UN FRANC tu pouvais te payer une pute, une moche, mais une pute quand même.

Les Romains étaient pas très « peinture ».

Il va voir des putes qui ressemblent à sa femme, alors là tu m'expliqueras !

Moi je crois en Dieu, alors je me dis que sur terre je glande, et au paradis je ferai des petits boulots genre du jardinage…

Mozart, bourré, y fait comme tout le monde, rien.

La fin du monde va concerner que la Terre, la Lune ça lui changera pas ses habitudes !

Jésus a eu une montre pour sa communion, après c'est devenu la coutume.

Faudrait que Dieu soit élu.

— Il faudrait que Dieu soit élu ! Commence à bien parler déjà avant de faire élire Dieu !

Pour l'embauche ils étudient ton horoscope maintenant ! Tu peux pas être toréador si t'es Taureau, eh ben c'est la même chose !

Picasso, vaut mieux l'avoir en peinture qu'à bouffer !

Il est nul à l'école, je lui dis c'est pas grave, tu joueras au Loto.

— En plus c'est vrai.

J'aime pas lire, pendant une heure tu regardes un bout de papier, non vraiment j'aime pas lire.

Le mec qui a inventé l'anglais, même si on s'en fout c'est quand même du boulot.

Sans la police, t'aurais pas la gendarmerie.

Le mystère de la chambre jaune.
— Jaune ?
— Oui, jaune.
— C'est de la peinture, ou du papier ?

… la cuisine…
— George Sand ? Cette connasse ?!
— Et alors, ça n'empêche !
— George Sand ? Cette gouinasse ?!
— Ah non c'est Colette ! C'est Colette pardon !
— Colette ? Cette salope ?!
… enfin tout ça pour dire qu'on a bouffé des haricots.

À l'école ils dessinent des feuilles.
— Ah bon ? Il veut devenir dessinateur de feuilles ?
— Ben non !
— Alors pourquoi il apprend ça ?!

Moi, je serais ventriloque, je dirais plein de conneries et j'accuserais la marionnette.

Vous voulez savoir ce que je pense vraiment des Noirs, mais vraiment, vraiment ?… les Noirs c'est pas la couleur qui me dérange, c'est la forme.

La nuit tombe vite en ce moment…

Attila, partout où il est passé, ça a repoussé depuis.

Je sais pas si vous avez regardé la cérémonie des 7 d'Or hier soir à la télé, moi j'ai regardé et vous voulez savoir mon sentiment là-dessus ? J'ai horreur de tous ces gens qui sont heureux de l'avoir ! Pour moi, le 7 d'Or, c'est comme le trou du cul, faut pas trop le montrer même si on est content d'en avoir un !

Ça fait chier qu'on est bouffés par les asticots après la mort, si au moins on était bouffés par des petits oiseaux avec plein de couleurs !

Moi j'ai tout appris à l'école de la vie, le jour où je mourrai, c'est comme qui dirait le jour où je perdrai mon cartable !

Quand c'est un homme célèbre qui meurt, les asticots s'habillent.

Qui c'est qui les prévient, les asticots, quand y a un mort ?

Des moustiques géants !
— Géants comment ?
— Comme ça à peu près…
— C'est pas géant, ça…
— Pour un moustique si… pour mon doigt évidemment, non.

Pinard, c'est pas un gros mot, c'est quand le vin se décontracte.

Tout ce qui touche aux origines de l'homme m'intéresse, les silex, les vieux casques, les fusils…

Ils ont découvert une nouvelle grotte préhistorique qui daterait d'au moins trente ans !

On ne vend pas de papillons dans les boucheries !

T'as vu son nez ?
— On ne se moque pas du physique !

L'antisémitisme ! l'antisémitisme ! l'antisémitisme ! Ils nous fatiguent, avec ça ! En plus, les Juifs, qu'est-ce qu'on en a à foutre !

Tu es poussière et tu retourneras en poussière : pour une femme de ménage, c'est dur comme idée à accepter.

Heureusement que Dieu n'existe pas, si il existait, il y aurait encore plus de guerres de religion !
— Je l'avais jamais entendue, celle-là !

Pas de philosophie dans mon café !

Dieu pardonne, il est payé pour ça.

La religion promet la vie éternelle.
— C'est bidon !
— Attends, laisse-moi finir !
— Une vie c'est quatre-vingts ans, éternelle ou pas éternelle !

Les femmes ont une vie éternelle plus longue que les hommes.
C'est dégueulasse.

La vie éternelle est de plus en plus longue grâce aux progrès de la religion !

Moi j'y crois pas.

— T'as peur de la réalité, c'est pour ça !

Admettons si par exemple moi je suis éternel, qu'est-ce que je vais faire ?

— Alors ça c'est ton problème ! T'as qu'à lire !

Si personne meurt jamais après la mort, ça serait aussi bien alors que personne naisse jamais avant la vie, ça éviterait des frais inutiles !

Tu passes directement d'avant la naissance à après la mort ?… pas con…

Dans la charité chrétienne, le riche donne au pauvre, dans la charité athée, le pauvre se sert, c'est mieux…

Moi je dis ça…

— Oui, on sait, c'est l'histoire de causer…

Charles Martel a arrêté les Arabes à Poitiers, c'est pour ça que maintenant t'as des Arabes jusqu'à Poitiers !

La force du musulman, par rapport à nous, c'est qu'il a fait la sieste alors que nous à trois-quatre heures on est déjà fatigués… c'est sa force…

Heureusement qu'y a Mozart et Barbelivien parce que sinon les autres, y bossent pas beaucoup !

On te sert quoi ?
— Un jolijolais !

Je lui paye des cours de poterie, j'y vais comme ça à l'improviste pour voir un peu, il faisait une merde en plâtre.

Le vent tout seul ne fait pas de bruit, c'est quand il souffle dans les branches qu'on l'entend, autant dire que c'est la branche qui fait le vent, il lui doit tout…

Sa viande c'est que du nerf, d'ailleurs c'est bien simple, j'y vais plus.
— C'est les animaux qui vivent sous les câbles à haute tension qui ont du nerf comme ça dans la viande…

Le poisson est con à cause de l'eau qui lui entre dans la tête…

Si tu veux t'as qu'à venir boire l'apéro à la maison.

— Tu pourras me coucher ?

… j'en ai marre d'écouter vos conneries…

On n'a rien sans rien.

On a trop de nucléaire en France, et ça c'est à force d'en mettre !

— Mais bien sûr…

C'est des pays pleins de mouches, et pourquoi ils font pas la soupe avec ?!

— Chais pas…

Y puait ! Mais y puait ! Je me demande même comment il arrivait à tenir à l'intérieur de son odeur…

— Quand ça vient de soi, on se passe tout…

Y a rien de plus con qu'un concours de photos ! Ils comparent des photos qui sont même pas des mêmes photos ! Une porte, une bonne femme à poil, comment tu veux comparer ?! Y sont cons ces intellos, je te jure, y sont cons…

Il a écrit un seul roman dans sa vie et, en plus, il est pas bien.

— Y en a qui ont de ces idées…

— Il aurait mieux fait de se casser le stylo, ce jour-là !

Au prix que ça coûte, un enterrement, nous qui avons à peine de quoi vivre, on ne peut pas mourir.

Au lit, on est des rivières…

Les lettres de Monmoulin ? Tu lis le courrier des autres, toi ?

Je m'en fous de la politique, mais je m'en fous, les mecs font leur boulot, qu'est-ce que j'en ai à foutre, moi ! Je passe pas ma vie à parler des mecs qui bossent à la Poste ou des autres fonctionnaires ! Personne parle de moi à la télé ! Moi j'en ai, des petites phrases, aussi ! Pourquoi on dit pas mes petites phrases à la télé ?

Je sais pas ce qu'ils t'ont dit à la visite médicale, mais dis donc ça t'a fait de l'effet !

— Ils ont dit que je m'empoisonnais en venant ici tous les jours.

— De quoi elles se mêlent, ces connasses d'infirmières, à refiler leur sang pourri du sida d'abord ? Moi j'en vends du sang pourri du sida, ici, j'en vends ?!

— …

— J'ai que des bons produits, ici !

— …

— Bon et puis toi, si tu consommes pas, tu dégages ! C'est pas l'hosto ici !

Y a des noms de rue qui font rêver, rue du Pot-de-fer…

— Avenue du Général-de-Gaulle…

— Pff !

Le jour de la fin du monde, on perdra pas beaucoup !

— Surtout les ennuis.

Je connais un seul mec qui s'en est sorti royalement après la guerre d'Indochine, c'est un para qui tient un tabac à Verdun…

Si le dompteur regarde au plafond le tigre il le bouffe, c'est un des premiers trucs à savoir… ne pas regarder au plafond…

Au Bengale, avec les tremblements de terre, c'est le tigre qui prend le plafond sur la tête.

— Au Bengale y a pas de cirques.

L'aveugle de naissance peut pas savoir comment c'est une couleur, comment il saurait ce que c'est le rouge, ou le vert, ou le bleu même, il ne peut pas, bien sûr que non, il croit que le bleu c'est mouillé par exemple parce qu'on lui dit que la mer c'est bleu, ou que dans le rouge y a des noyaux puisqu'on lui dit que les cerises c'est rouge, et le blanc c'est froid puisque la neige est froide, remarquez c'est pas plus mal, quand à l'aveugle on lui dit que le drapeau français c'est bleu-blanc-rouge, pour lui le drapeau français c'est la mer, une cerise, la neige, c'est presque ça la France, une mer, une cerise, la neige, et je vois pas beaucoup de soldats défiler sous la mer avec une cerise et de la neige, on passerait pour des cons à défiler contre ceux qui ont des drapeaux avec une tête de mort dessus, ça aussi ça correspond bien au noir quand on explique ce que c'est à un aveugle le noir, c'est un crâne avec des os, alors ce que je voulais dire c'est que les aveugles de naissance voient la mer, des cerises et la neige quand nous les voyants on ne voit que des drapeaux, et je ne dis pas ça pour dire du bien des aveugles de naissance, loin s'en faut !

Le myope, il est con par rapport à l'aveugle, il a pas choisi son camp.

Quelle époque on vit…

— Oh vous savez, les dinosaures disaient pareil.

Deux épluchures de pomme de terre qui se croisent, dessus tu poses une carotte nouvelle, ça fait le Christ du potager…

La patronne est descendue pour le remplacer, lui il est monté pour faire sa sieste, à peine il était là-haut le chien est descendu derrière le bar, après quand le patron est redescendu, j'ai vu, il avait le dos plein de poils de chien…

— Il a viré le chien du fauteuil pour faire sa sieste…

— C'est ça… il a viré le chien qui faisait la sieste pour faire la sienne…

— C'est un ballet.

Il a tiré dans le plafond !

— Qui ?

— Jarry !

— Encore lui ?!

Tous ces vieux assis par terre dans le couloir de l'hospice, personne ne bougeait, contre le mur marron, ça faisait comme une fouille archéologique.

Faut enlever les chaussures pour entrer dans les mosquées, c'est un dieu qui aime bien les chaussettes, leur dieu…

Il achète une bouteille, il passe à la caisse, il sort et paf il la casse !
— Il l'aurait bue dans le magasin…

L'élégance, c'est la politesse du tissu, voilà ce que c'est…

Je veux mon Épéda !

Dans les sarcophages des riches tu trouves plein de bijoux, dans ceux des pauvres tu trouves que des merdes, des bandelettes et du gravier… si t'étais un Égyptien pauvre, cinq mille ans après t'as encore la honte !

On te fout au Louvre, y a plus que le slip !

Une piqûre de guêpe et t'es mort !

La bouse c'est de la merde propre.

— La merde la plus propre, c'est les poissons qui la font.

Réponse à tout.

L'avantage du trou d'ozone, c'est que ça fait partir l'humidité.

— Gaffe, t'as le chien juste derrière toi…

Y z'ont qu'à mettre des doigts de pied dans les cigarettes s'ils veulent pas qu'on fume !

Qu'est-ce que tu veux que j'te dise…

Même quand il a bu y se lave les dents, y dit que c'est important l'hygiène… c'est un cas, lui…

— De toute façon, il est cramé dans la tête, y chie au lit, ça le réveille, y se lève, y se lave les dents…

L'absurdité du monde ! Vraiment ! Franchement ! Honnêtement… tout de même…

Moi, je me mets toujours ici, c'est mon coin…

— Ah ? Moi c'est près de la porte que je préfère… on voit dehors…

Avec la science tu meurs de plus en plus vieux mais tu ne nais pas de plus en plus jeune, c'est pour ça qu'on a de plus en plus de vieux et de moins en moins de jeunes…

J'ai pas de religion précise, sauf peut-être que faut pas me faire chier.

— C'est pas une religion, ça !

— Commence pas.

C'est la réfection des églises qui coûte tellement cher au Vatican.

— Je sais, mais comment faire, on ne peut tout de même pas laisser les édifices à l'abandon…

— Vous priez, et vous recevez une tuile sur la tête… C'est arrivé, vous savez, c'est arrivé…

— Ah, je ne savais pas.

Il a qu'à prendre la truelle, vot'Jésus, là !

Ils mettent un foie de babouin sur un homme, résultat…

— Résultat ?

— Rien, je t'expliquerai… salut Tanguy ! Il a été opéré, Tanguy, alors j'aime pas trop parler de maladie devant lui.

— Ah c'est pour ça !

— Enfin bref, résultat, le mec y crève et on l'enterre avec un foie de babouin…

— Un ?

— Babouin, c'est un singe avec un foie.

Une petite brume se levait sur la campagne, c'était beau, un vrai couvercle de boîte de chocolats !

Je passe du temps en repassage mais dans le monde qu'on vit, du linge bien repassé réchauffe le cœur…

La chance ça se provoque, tu bosses bien à l'école, tu fais du sport, tes parents te payent des études qui durent, t'as tous les examens, tu deviens docteur, tu rencontres une belle femme, tu te maries et coup de bol, elle est pleine de thunes !

— Oui mais enfin bon, tu te fais chier quand même et t'es pas plus intelligent pour autant…

Ils vont dans les cimetières et ils déterrent les morts, ils les mettent dans des draps et ils les jettent en l'air en chantant, c'est la fête des morts, oh, eh bien moi, je préfère la nôtre, de fête des morts, je pose des fleurs sur la tombe et je rentre à la maison…

Oui oui, des gens sont morts et sont revenus à la vie, et ils racontent ce qu'ils ont vu là-bas, oui oui…

— Moi j'écoute pas les anciens morts.

Déjà quand t'es tombé dans les pommes on te fait plein de radios de la tête, alors quand t'as été mort…

Avec l'Europe, tout le monde viendra dans nos coins à champignons.

Le Français est capable de donner des Juifs pendant la guerre, mais dire un coin à champignons, ça, jamais !

— C'est le Français…

On a fait six bocaux de prunes à l'eau-de-vie dans l'après-midi de dimanche, ramassage compris.

— Le soir vous avez dû bien dormir…

C'est l'automne aujourd'hui, d'ailleurs dans le bus tout le monde parlait doucement…

Les feuilles sont pas tellement marron, je trouve…

— Elles attendent le dernier moment…

Non mais t'imagines ! Dix kilos de cèpes en une heure !

Les champignons qui ont des formes bizarres avec plein de couleurs, on les ramasse pas.

— T'as raison, c'est des merdes de clowns… Quand t'as un cirque qui traverse les bois t'en trouves plein, des champignons comme ça…

Le bonheur fait pas avancer les choses, moi je suis heureux qu'en vacances, eh bien en vacances, je ne fais rien qu'à me faire chier.

Si on m'annonce que j'ai un cancer, je rigole pour faire chier le docteur.

Quand t'es mort t'es mort, qu'est-ce que t'en as à faire qu'on te prenne des organes, si ça peut sauver des gens…

— J'ai jamais fumé, si ça se trouve je vais donner mes poumons tout propres, et l'autre y va fumer dedans.

— Tu peux donner un œil à la place, si tu veux…

Je préfère être moi que Jules César parce que Jules César, il est mort…

On t'enterre, t'es un mort tout beau mais les autres à côté sont tout pourris, t'imagines la première nuit ?!

— Parle pas de ça !

Ils vont écouter les autres planètes pendant une semaine pour savoir si y a de la vie.

— Et si personne parle ?

— Si personne parle, on l'aura dans le cul.

C'est précis leurs instruments, suffit qu'un extraterrestre fasse tomber quelque chose et on l'entendra…

On va chercher la vie sur les autres planètes alors que sur terre la vie on s'en fiche ! Y a qu'à voir ce qui se passe un peu partout chez les nègres, et ça te meurt à tour de bras ! Ça serait des Martiens qu'on s'en occuperait plus ! Oh, je sais ce qu'on va me répondre, mais, madame Bordes, ça coûterait trop cher d'envoyer une fusée chez les nègres !

Y sont pas verts, les nègres.
— Oh, pas loin…
— Non ?
— Mais si…

Tu sais combien il en tombe des météorites sur la Terre chaque jour ?
— Non.
— Deux.

C'est l'imagination qui disparaît chez les gens, ils imaginent plus les gens, ils imaginent plus, et la vie sans imagination, vous savez ce que c'est, c'est le cinéma qu'on regarde mais on n'a pas éteint la lumière… en gros c'est ça…

Jésus, tu le décloues, eh ben y sert encore…

Le fumeur il fume, il avale la fumée dans les poumons, elle se balade là-dedans, elle fait le tour, elle fait ce qu'elle veut on s'en fiche mais attention le fumeur recrache la fumée, et là, là, là ça commence le problème parce que la fumée s'en va sur un non-fumeur qui respire et elle lui entre dans les poumons, elle fait le tour des poumons du non-fumeur pareil et elle ressort, le non-fumeur recrache la fumée et c'est son bébé qui prend, voilà le travail, c'est le non-fumeur qui a intoxiqué le bébé, alors finalement qu'ils ne viennent pas nous faire chier, ceux-là !

J'en allume une le matin et de cigarette en cigarette j'ai plus besoin de feu jusqu'au soir…

Si je veux mourir du cancer, ça me regarde ! C'est déjà pas marrant de mourir, si en plus faut mourir de choses autorisées !

Les canards nagent bien parce qu'ils ont des pattes de poisson.

Du riz pour la Somalie ? Et pourquoi du riz ?

En Afrique, ça doit y aller, les essais de rouge à lèvres et toutes ces saloperies-là sur les bébés pour voir si ça attaque pas la peau !

Tous les grands nazis ont fait des études de médecine…

Le gars qui est gros, c'est une réserve de bouffe à lui tout seul, c'est un genre de frigo plein sauf qu'on n'a pas le droit de l'ouvrir…

Si j'étais un artiste je foutrais rien ! C'est pas la peine d'être un artiste si c'est pour bosser, non ? Trois jours pour peindre une tomate, ben putain, moi je préfère être maraîcher !

C'est pas grave la quantité que tu bois, l'important c'est si tu tiens bien.

— …

Si Dieu existait vraiment, on ne trouverait pas toute cette famine sur terre.

— Dieu n'est pas cuistot.

Je vois pas pourquoi on aide la Somalie alors que d'autres pays ont autant la famine qu'elle.

Le mien, il a apporté du riz à son école.

— Avec tout ce qu'ils ont déjà dans le cartable…

Si ça peut sauver des vies, d'envoyer du riz…

— Pensez donc ! C'est les ministres qui prennent tout ! Les enfants continuent de mourir.

— C'est un peu con d'envoyer du riz pour sauver des ministres.

Faut pas que j'en boive trop du beaujolais, c't'année, je me le suis juré à moi-même ce matin en le goûtant, manque de pot, il est bon !

Le homard a des pinces et pas la langouste, c'est comme ça qu'ils se reconnaissent entre eux.

Tu tues un enfant, bon, d'accord, c'est grave, mais pourquoi que ça serait plus grave que si tu tues un vieux, après tout, c'est grave aussi, mais les enfants c'est encore plus grave, comme quoi vaut mieux tuer quelqu'un qui a fait toute sa vie que quelqu'un qui a pas fait sa vie mais attention, là je dis c'est grave, ça veut dire que la vie vécue de quelqu'un qui est vieux vaut moins que la vie pas encore vécue de quelqu'un qui est jeune, mais de quel droit on dit ça, de quel droit, c'est comme si on dit il vaut mieux tuer la mer qui est haute avant qu'elle descende, que la mer qui est basse avant qu'elle monte, voilà ce que ça veut dire, et c'est une drôle d'idée…

Elle a voulu une perruque mais elle la met à l'envers, avec les cheveux à l'intérieur parce que ça tient chaud.

— Les vieux, faudrait pas que ça vieillisse.

Tu meurs, on prend ton organe et le gars qui l'a, tu crois qu'y va dire merci ?! Rien du tout ! Ni merci ni rien ! Il est au bistrot avec ton organe et toi t'es comme un con au cimetière... Mal fichu comme système, non ?

Ah moi je le dis tout net, le mec qui me vole ma bagnole je le tue ou si y touche ma femme ou mon gosse je le tue net le mec ou un cousin ou même la grand-mère du côté de ma femme je le tue et je le dis ça me fait pas peur et la maison que je viens d'acheter le mec entre pour faire son cambriolage je le tue tout net, pan, pan, sans hésiter, même seulement qu'y rentre dans le garage derrière, je le tue, pan, pan, faut pas déconner non plus, je trime pour acheter une voiture, la maison, pour faire grandir la famille et un gars qui ne travaille pas prend la voiture, tue le gosse et la femme, vole tout ce que j'ai dans la maison, et même il met le feu, pourquoi pas, ça arrive, les cambrioleurs se font cuire à manger et ils laissent le gaz ouvert et boum, plus rien, tout le travail d'une vie qui part en fumée, là je le tue, pan, pan, pan, tant pis si je vais en prison, j'aurai plus rien à perdre, j'aurai tout perdu, et quand je sors après dix ans qu'on m'a mis en prison de façon honteuse, je défendais ma famille, on me met en prison, on me vole ma voiture et c'est moi qu'on enferme, on me tue mon gosse et si je tue le gars on me fout en taule, alors quand je sortirai je le jure sur la tête du petit, à la première occasion, je vole une voiture et je tue quelqu'un, y a pas de raison, puisque maintenant on envoie en prison les honnêtes gens qui tuent les voleurs, eh ben je deviendrai un voleur et on me tuera, comme ça je serai pas le seul à plonger puisque forcément le mec qui me tue va aller en taule, je sais, tout ça, c'est du scénario-catastrophe, mais le fusil je l'ai à la maison, je m'en servirai, c'est un deux-coups, du douze, pan, pan, tout à l'heure j'ai dit pan, pan, pan, mais je me suis trompé excusez-moi les gars, bon, qu'est-ce que vous buvez ? Vous partez ?

Si c'est Dieu qui a envoyé le sida, il a visé bas, le salaud !

Dans une belle armoire à glace on se voit en entier.

— Oui, mais à la maison, tandis qu'avec la petite glace dans le sac, on peut se voir toute la journée.

— Mais pas en entier.

— Vous vous regardez en entier, vous ?

— Pour une robe par exemple, faut bien !

— Et si vous tachez la robe dans la journée ? Non non, je vous assure, une armoire à glace, c'est bien si ça rentre dans le sac…

Un dieu qui est au poil, c'est Jésus.

Le monde est un véritable chaos !

— Pour avancer faut des pensées tout-terrain.

— C'est ça.

— Mais pas toujours.

— Comment ça, pas toujours ?

— À cause du chaos… comment penser clairement le chaos au milieu du chaos ?

— On ne peut pas être dedans et dehors, c'est ça ?

— C'est ça, et encore pas toujours.

— À cause du chaos ?

— Exactement !

— Vous voulez reboire la même chose ?

— Non, autre chose.

— À cause du chaos ?

— Bien forcé !

— J'en connais deux qui vont avoir la cuite chaotique…

Les religions, c'est fini, à part la musulmique, et encore…

Si dans une vie antérieure tu as été très con, ça reste.

On est devenus intelligents à cause du pouce qui est opposable aux autres doigts, ça fait pince, un peu comme les crabes, qui sont pas cons non plus, soit dit en passant…

Dans le mot VOLCAN, y a CAN, ça veut dire qu'on ne sait jamais CAN ça VOL.

— CAN ça VOL ?

— Quand ça va voler.

— Ah…

— C'est bien foutu les mots.

Tout ce qui est problématique m'intéresse.

J'ai pas de projet pour le futur, par contre, hier, j'ai acheté une belle fougère pour la salle de bains.

— Hier, c'est passé.

— Je fais toujours des projets pour la veille, au moins je suis sûr que ça va se réaliser.

— C'est con.

— T'as fait le projet que t'allais naître ? Alors ? C'est pas si con au fond.

Mais si, on lui a greffé un foie de babouin et il est mort d'une infection intestinale.

— On leur fait bouffer de la merde, dans les hôpitaux.

Si y a de la vie sur une autre planète, ça veut dire qu'il y a aussi de la mort, alors si c'est pour découvrir ça, on est aussi bien chez nous qu'à voler dans l'univers, non ?

— De toute façon, y en a pas, de la vie ailleurs.

— Si y a pas de vie ailleurs, y a pas de mort non plus.

— C'est bien.

— Y a de la mort qu'ici.

— Faut croire.

— On est la seule planète où y a de la mort dans tout l'univers !

— Y z'ont du pot, les autres.

Si aujourd'hui on faisait des momies, elles tiendraient pas six mois, on n'a plus le secret des bandelettes.

Le problème, avec les sectes, c'est qu'ils croient à trop de choses en même temps.

— UNE croyance en *une* chose, c'est le maximum que peut croire l'être humain.

Ils ont fait des piqûres aux enfants pour les tuer.

— Moi, le mien, il faut lui mettre le produit sur un sucre.

Son prénom c'est David, alors y fait la secte des Davidiens, et les mecs le suivent !
— Hector, les Hectoriens.
— Jean-Patrick, les Jean-Patrickiens.

Les histoires de secte, ça finit toujours en suicide collectif souvent mal organisé.

Les chefs de secte, tu peux même pas les tuer, ils adorent ça, ces cons-là.

Tu meurs, tu vas au paradis, juste au moment où tu meurs on devrait te faire payer l'entrée, comme à Disneyland.

Il a cassé le ressort de la boîte à musique, il pleurait, je lui ai dit t'es fou, pleure pas, t'as vu comme elle est jolie, ta boîte à silence, ça l'a calmé…

Le vrai changement dans la société, c'est que maintenant, par rapport à l'ancien temps, les chiffres mentent plus que les mots, le mensonge a glissé de la littérature aux mathématiques, si vous préférez…

T'as le bien, le mal, et entre le bien et le mal t'as rien, pas un chat, personne…

L'oiseau chante mais en fait y parle, comme dans *Les parapluies de Cherbourg*, grosso modo.

Kafka se perdait tout le temps dans les couloirs.

C'est fini, la quantité, maintenant ce qu'y faut c'est la qualité, si en plus t'arrives à en produire en grande quantité, t'es le pape…

Dans les communautés hippies, il y avait des tours de vaisselle, ça je me souviens.

Elles picorent des petits cailloux, c'est pour former la coquille de l'œuf.
— Moi ma femme, elle mange tout le temps des dragées.

Napoléon Ier et Napoléon III, c'était pas deux Napoléon, c'était le même bonhomme déguisé, de toute façon deux Napoléon c'est pas possible, ils se seraient bouffé le nez.

« Les dix commandements », déjà rien que ça, ça t'explique l'autorité de la religion, c'est pas « les dix conseils »…

C'est un bien beau temps pour marcher dans la ville…

Même si on arrivait à planter du blé sur la Lune, du blé, on en a déjà trop.

S'ils font le tour du monde à la voile, c'est bien la preuve qu'il y a de l'eau partout !

Quand toute la planète sera en ciment, ça sera la fin des herbivores.

La Terre est ronde à cause de l'eau, si y avait pas les mers, elle serait pas ronde, mais non, elle serait loin d'être ronde, l'eau ça fait une goutte qui tourne, c'est pour ça…

En France, la principale cause de la mort c'est l'arrêt du cœur.

La télé, c'est fini.

Le héron est énorme et fait des nids de maçon.

Tu passes l'hameçon d'un bout du ver, là, et tu le repasses de l'autre bout du ver, là, un peu comme un Jésus.
— Ah d'accord, je vois.
— Et le ver se décroche pas.

Il a été transporté à l'hôpital et il est mort là-bas.
— À ce compte-là autant mourir chez soi !
— Ça évite le transport.
— Et la fatigue !

Quelqu'un qui va mourir, faut pas le bouger, c'est comme les plantes qui sont fragiles, on ne dépote pas.

Une Suze.
— Moi aussi.
— Avec un petit glaçon.
— Moi aussi.
— …
— …
— On se connaît ?

Vous vous rendez compte, je suis serrurier, ça fait dix ans que j'essaie de rentrer chez moi et ma femme ouvre pas, ça la fout mal pour un serrurier, vous trouvez pas ?

Ça fait dix fois que *Rambo* passe à la télé, dix fois que je regarde, eh bien je n'ai toujours pas vu d'erreur dans le scénario.

Dans ses livres à Jules Verne y a pas de chômage, comme quoi il avait pas tout prévu non plus, celui-là…

Cinq semaines en ballon ça fait cinq semaines de congé, comme quand tu travailles dans une banque, au fond…

Ils ont écrit « connard » sur sa boîte aux lettres, et le pire c'est qu'il continue à recevoir du courrier !

Dans tous les refuges pour animaux t'as une permanence de nuit pour accueillir les chiens d'ivrognes.

Tous les peintres ont copié les autres peintres, sur *Le Radeau de la Méduse*, c'est les mêmes invités qu'au *Sacre de Napoléon*…

D'un État à l'autre les lois changent, en Californie c'est telle loi, au Texas c'est telle loi…

— En France c'est pareil, à Paris t'as pas le droit d'élever des cochons, en Corrèze c'est autorisé.
— C'est pas pareil qu'aux États-Unis.
— Ah bon ?! Et t'as des cochons à New York, peut-être ?

Hier j'ai entendu le grand chanteur d'opéra.
— Lequel ?
— Mais si, celui qui chante bien.

On croyait qu'après cent quarante à l'heure, la voiture s'écrasait contre les moucherons, et finalement, c'est contre les poteaux.

Matisse, c'est l'humour de Van Gogh !

Si tu copies pas le visage, minimum tu piques le chapeau.

Dans les tableaux la femme est toujours belle, c'est l'huile de la peinture qui est bonne pour la peau.

Avec la droite ça va changer !
— Ta droite, elle rajoutera pas des points aux coccinelles.

C'est pas la caméra qui était cassée mais c'était la pellicule qui était finie…

— Ouf !

J'aime bien l'odeur de l'essence, c'est l'haleine de la mécanique.

Les femmes…
— Y en a moins qu'avant, déjà…

L'Homme croit qu'il a dompté la Nature en faisant passer des rosiers grimpants dans des cerceaux…

L'âme est dissoute dans le cerveau, quand le cerveau disparaît l'image reste, ça fait un dépôt comme des cristaux de sel, ça scintille quand on déterre le crâne.

Si Bérégovoy se suicide, ça veut dire que c'est pas trois millions de chômeurs qu'il a laissés, c'est quinze !

Une balle dans la tête, si tu te rates t'es légume, oui oui t'es légume, pareil qu'une balle directement dans un légume, t'es pareil.

Moi je l'appelle Bérégovoy, quand on l'appelle Béré ça fait chapeau.

C'était un fils de pauvre.

— Et il est mort comme un fils de pauvre…

C'est les pauvres qui aiment pas les pauvres ; les riches eux s'en foutent.

C'est le seul de tous les hommes politiques qui ait un peu de courage ! Mitterrand, à cent deux ans, y bouffera encore dans la porcelaine !

Selon les anciennes lois ecclésiastiques, on n'a pas le droit d'enterrer un suicidé en passant à l'église, mais une fois de plus pour les politiques y a des passe-droits !

Un suicidé ne va pas au paradis, ni en enfer, un suicidé va nulle part, il reste là, dans le cimetière, à attendre que ça se passe, tout seul, à moins qu'il y ait d'autres suicidés…

C'est de la faute aux journaux, tout le temps à dire du mal des autres ceux-là, même dans l'horoscope y a des vacheries, des fois !

L'Honneur c'est une vieille idée, d'abord quand on a de l'honneur on fait pas de politique !

Ils enterrent les gens dans la télé et après ça fait des mouches sur le poste.

Mourir au bord d'un canal, pour moi qui suis pêcheur, ça me parle.

Tu me feras pas croire qu'il avait quelque chose à se reprocher : c'est toujours les salauds qui survivent, ils ont pas de scrupules.

S'il pouvait y avoir un peu plus de suicides chez les hommes politiques et un peu moins chez les honnêtes gens !

C'est courageux, de se suicider !
— Il avait qu'à partir en Éthiopie aider les pauvres, si vraiment il était courageux !

On a fait disparaître la honte du sida, c'est pas pour garder la honte du chômage, tout de même !

Tout le monde était autour du cercueil de Bérégovoy, toute la droite, toute la gauche, le mec qui fout une bombe dans le cercueil, t'as plus un homme politique en France !

« Soudain, sa femme s'effondre »...
— Faites voir !
— ...

— C'est où ?
— C'est là, mais y a pas la photo.
— Ah…

T'enlèves la fanfare et tous les morts se ressemblent.

C'est pendant la cérémonie qu'on voit une différence, mais une fois qu'il est dans la terre, Bérégovoy, il est comme tous les autres morts, d'ailleurs tu vas dans le cimetière la nuit t'es même pas sûr de retrouver la tombe, c'est pour dire…

C'est de la faute à la télé qui disait qu'il avait des chaussettes pas belles.
— Et il est mort pour ça ?!
— Y paraît.

Quand tu meurs dans ton lit, les draps sont jetés.

Il n'y a pas du suicide chez les animaux, même chez la mouche qui mange souvent mal.

Aucun animal se suicide, c'est que l'homme et toc qui fait ça, parce que l'homme c'est le seul qui sait qu'il est vivant, les animaux eux y vivent et toc c'est tout, ils ne le savent pas, un peu comme quand on dort, tu dors et toc tu rêves, mais dans le rêve tu n'as pas conscience que tu dors, tu dors et toc c'est tout, l'animal lui, il vit comme nous on dort, il vit dans le sommeil si tu veux, il rêve, alors que l'homme vit éveillé, tout ce qu'il fait dans sa vie il le sait et toc il voit tout, il a les yeux ouverts sur toutes les minutes de la journée et de la soirée jusqu'au moment où il se couche, et toc il dort, là, il recommence à vivre comme un animal, d'ailleurs aucun homme s'est jamais suicidé pendant son sommeil, non, il dort comme un bébé, c'est ce qu'on dit, et le bébé est plus proche de l'animal que l'adulte, et toc ça aussi ça appuie sur mon idée, le petit bébé, le petit animal, pas de suicidés, le bébé sait pas qu'il vit, voilà tout, point final, c'est pour ça que le suicide de l'homme c'est pas du courage mais c'est de la lâcheté, il voit que y a pas moyen de vivre sans redevenir un animal ou un bébé à cause de son travail ou autre chose, alors au lieu de redevenir un animal ou un bébé qui dort toc y préfère mourir comme un homme qui dort plus, souvent le suicide vient de là, on dort plus, alors franchement le gars qui se suicide ça m'épate pas, c'est rien qu'un trou du cul qui méprise les bébés qui dorment, Bérégovoy ou pas Bérégovoy, j'ai pas peur de le dire tout haut, et voilà, c'est fait, et toc.

Qui tu dis ?

— Le pape, on le pèse tous les matins, pour savoir le poids du pape.

Un clochard ça prend la place d'un banc, et quand c'est mort ça prend pas beaucoup plus de place.

Mitterrand au Panthéon ? À Pantashop, pas plus !

J'aime bien l'écriture parce que c'est un boulot où il n'y a pas de réunions.

Marguerite Duras, elle buvait chez elle, elle allait pas au bistrot, elle sait pas faire parler les gens, y a pas de dialogues dans ses livres.

L'éternité, au bout d'un moment, c'est long.

C'est une société de la communication, si tu communiques pas c'est comme si tu existais pas.

— …

— T'es dernier, alors que si tu communiques t'es premier.

— …

— Y a même des écoles pour apprendre à communiquer.

— …

— C'est cher, mais après tu communiques.

— …

— Et à notre époque, même si t'es glandeur c'est pas grave, si tu communiques c'est gagné.

— …

— Enfin bref…

Quand je suis triste je mange pas et je soigne mon jardin, quand ça va mieux je laisse le jardin et je mange mes légumes, je ne suis pas une femme très compliquée.

En Somalie c'est les Casques Bleus qui tuent les gosses, on aura tout vu !

— Les Casques Bleus tuent les petits garçons, et les Casques Roses tuent les petites filles.

Un rendez-vous, faut pas être en retard, c'est pas bien.

— Vaut mieux pas y aller du tout.

— Bien sûr. C'est plus poli.

Chez les « Enfants de Dieu » c'est enculades et compagnie.

Les riches ont des servantes, mais nous, les pauvres, on a les serveuses !

On n'a jamais vu un bébé croire en Dieu !

Faut que j'aille voir le docteur mais j'ai peur qu'y me dise d'arrêter de boire et de fumer… remarquez… après tout… on peut pas être et être été.

Il dit à tout le monde qu'il est désespéré.
— Alors c'est que ça va.

Un opéra à Lyon ? Pff ! Et qui c'est qui ira jusqu'à Lyon pour écouter un opéra ?

Si c'était moi le seul survivant de l'Apocalypse sur toute la Terre, que je suis le seul homme vivant et qu'y fait beau, je me balade à poil c'est sûr.
— S'il le dit c'est qu'il le fera…

J'ai été neuf ans en pension, c'était dur la pension, ah oui c'était très dur, et quand j'ai mal tourné après ça m'a aidé à me remettre dans le droit chemin, quand on reçoit des coups de pied au cul ça sert toujours, on le dit pas, ça, mais ça met du plomb dans la tête, et moi, maintenant, je suis sorti de l'eau, finalement si on me demandait aujourd'hui si je veux retourner en pension, je dirais oui, même si c'est pour recevoir des coups de pied au cul, au moins en pension, je serais pas à la rue.

Elle est sourde ?
— Oui.
— Et elle entend ?
— Oui.
— Ah bon.

C'est une mystérieuse femme qui vient ici de temps en temps et qui ne dit rien.
— La sourde ?
— Non, celle-là elle est muette.

Le premier jour de la vie ressemble pas du tout au dernier jour de la vie.
— Ça, c'est les morts qui le disent.

Réincarné en animal ?
— Bien sûr, c'est très courant à notre époque.

Bachelard, c'était un philosophe simple comme vous et moi.
— Remarquez, des fois, moi je vous trouve compliqué.

Le vertige commence au-dessus de la chaussette.

Y a aucun animal qui en dégénère un autre, y a que l'homme, y touche une fourmi, le lendemain la fourmi elle porte une casquette et elle mange du chewing-gum.

Toute la journée j'entends la porte de l'ascenseur qui claque, comme maintenant je reste chez moi…

— C'est la musique du chômage.

Dans les fouilles archéologiques, des fois, tu trouves de ces merdes complètement rouillées, même neuves ça valait rien… on trouve des trucs romains que les Romains de l'époque se seraient pas baissés, et d'ailleurs c'est pour ça qu'on les trouve… le Romain l'a laissé par terre et c'est un mec de maintenant qui le trouve, moi des fois je vois un truc par terre et je me baisse pas, je laisse ça pour ceux qui se baisseront dans le futur… chacun se baisse à l'époque qu'il veut… c'est ça l'archéologie, finalement, faut attendre pour se baisser…

À l'endroit de la tour Eiffel, il y avait une grande basilique qu'ils ont détruite.

— Juste là ?

— Juste là.

— Ils auraient pu la faire cent mètres plus loin, tout de même, leur tour.

Si tu connais dix mille histoires drôles, tu fais un livre avec, c'est pas plus compliqué que ça.

— C'est le titre qui est dur.

C'est un ordinateur ultraperfectionné, réglé comme du papier à musique, solide comme une planche en bois, et léger comme un napperon, et moderne comme… les nouveaux marteaux, là, avec le manche plastique… du coup, on le sent tout près, l'an 2000, comme si c'était l'œuf de là-bas… toute cette modernité même, ça fait peur comme la grêle…

Je m'en fous, de devenir aveugle, j'ai assez vu.

Les bicyclettes, finalement, c'est que des vélos.

L'écrivain, tu le mets sur un chantier, tu crois qu'il va prendre une pelle ? Mon cul ! Il sort un carnet et un stylo pour noter des choses ! Quoi comme choses ? Pas la taille du trou en tous les cas ! Des choses sur la couleur des camions, éventuellement, si les camions sont là, sinon il écrira qu'on a marché sur une fleur, le pauvre con, comment tu veux construire l'immeuble autour de la fleur ? Le pauvre con ! D'ailleurs je lis plus ! Et même pour être honnête j'ai jamais lu ! Si le mec prend la pelle, peut-être je prends son livre, sinon chacun chez soi ! C'est comme si je vais creuser chez lui et pis je pose des tuyaux sur son bureau où il écrit ! Enfin bref, on n'est pas des animaux à regarder, on est des hommes qui bossent...

Il a glissé sur une feuille.

Des fois ça sent bon mais c'est pas bon.
— L'odeur ment.
— Hein ?
— Oui, l'odeur ment, c'est ce que ma grand-mère elle disait quand mon grand-père se parfumait pour faire croire qu'il était de la ville.

Tu ne peux pas te suicider si t'as un chat, tu n'es plus libre de le faire, t'as pas le droit.

Les abeilles ne sortent pas le matin, y a toujours quelque chose à ranger dans une ruche.

Dans chaque oiseau, t'as un petit con qui sommeille.

C’est la machine qui travaille à la place de l’homme, l’homme fait rien, si on fait pas attention c’est la machine qui dormira à la place de l’homme, et l’homme dormira plus.

Le chat persan est plus un chat d’appartement que d’extérieur, il ne bouge pas, on dirait qu’il est mort même des fois tellement il est sage, voyez…

Quand le Soleil va s’éteindre, ça fera chier le jour mais la nuit ça fera pareil, d’ailleurs pour ceux qui bossent la nuit et qui dorment le jour, le soleil est déjà éteint.

Il faut mettre son mouchoir en boule sur son nez pour ne pas avaler la poussière du désert.

— Et c’est beau ?

— Ah oui, c’est beau, mais il y en a qui ne voyaient que leur mouchoir…

Avec cette sécheresse, y a des régions où on peut même plus pleurer !

Au Japon quand t’es vieux, on te met à mourir dans la montagne, comme les éléphants.

— Des éléphants dans la montagne ?! Où tu vas, toi ?

Des champs d'artichauts grands comme la place.
— Et ça pousse haut ?
— Ah… ça on ne sait pas, on n'a pas demandé.

La Terre se réchauffe.
— Ah non, moi j'ai entendu dire qu'elle se refroidit.
— Ça dépend d'où vous habitez, aussi…

Techniquement c'est possible, la voiture conduit toute seule pendant que le conducteur regarde le paysage.
— Oui, alors dans ce cas je laisse la voiture partir toute seule avec les valises, et moi je prends le train.

C'est un musicien qui a fait une fugue, et on l'a jamais revu.

Contrairement à ce qu'on dit, le feu ça fait du bien à la forêt, ça cuit les animaux malades.

Elle chantait du Balavoine en triant les girolles.
— Tu vois qu'il est pas mort.

Pour une biscotte beurrée il en casse dix, tu verrais, on dirait Hitler.

Tu sais ce qu'il fait, avec son baladeur ?
— … ?
— Il reste assis.

Souvent, le foot pourri donne des plus jolis matchs que le foot honnête.

Tapie ?! C'est la poubelle qui cache la décharge, c'est tout…

Si on n'est pas ridé quand on est vieux, quand est-ce qu'on le sera ?

Pour soutenir les Croates, y a même pas un pin's…
— Les nazis, ça se plaint tout le temps !

Un petit galopin par-dessus ?

Quand on est pressé, on va pas au bistrot !

Qui c'est qui lui a rayé sa bagnole ?
— Moins tu en sauras, mieux ça vaudra.

J'avais des fourmis volantes plein la soupe, on aurait dit un ciel d'été.

Ils ont acheté un éléphant, à côté ?
— C'est une perceuse.

Une piqûre de frelon, ça tue un avion !

Comme y disait, Jean-Marie Gourio, l'essentiel c'est d'avoir trouvé une raison pour boire.

Les cons sont souvent plus heureux que les autres.
— Holà ! Faut pas dire ça !

Moi je m'en fous pas mal, tout m'ennuie, à la campagne je m'ennuie, à la mer, au boulot j'en parle même pas, en famille je m'emmerde comme c'est pas permis, je regarde même plus la télé, j'écoute pas la radio, je lis jamais d'ailleurs, quel intérêt, quand on voit les conneries que font les gens qui s'ennuient pas, t'as vu Disneyland, et les constructions au bord de la mer, et les autoroutes pour tout ce monde qui s'ennuie pas, tous ces gens qui sont contents d'aller se baigner ou d'aller se promener, y font huit cents bornes pour aller regarder un œuf de poule ces cons-là, ou pour aller se tremper le cul au milieu des méduses, aller se cailler les meules à la neige, faut voit tout ce qu'on fait à la montagne pour tous ces gens qui s'ennuient pas, qui font du ski et de la luge et qui bouffent de la fondue, c'est inimaginable, inimaginable ce qu'on a détruit pour occuper les gens qui ne s'ennuient pas ; au contraire si tu regardes ceux qui se font chier, qu'est-ce qu'il leur faut, à ceux qui se font chier ? Rien, de toute façon y se font chier partout, c'est pas la peine de les amener à Venise y vont se faire chier, en Espagne y vont se faire chier, sur la Lune y se font chier encore pire qu'à la campagne, et sur les manèges, et au cirque, et dans les villages-vacances, et au minigolf, et même au golf normal, les gens qui se font chier ont besoin de rien : un coin pour se mettre et qu'ils se fassent chier tranquillement sans que personne vienne les emmerder là, des habits, un peu à manger mais pas trop compliqué, ça les fait chier rien que d'y penser, et pas la peine de leur parler de rien ça les ennuie d'avance, non, les gens qui s'ennuient n'ont besoin de rien d'autre que d'un peu d'ennui, en somme ça récupère ce que les autres ne veulent pas, au fond, si tout le monde s'ennuyait sur terre, eh bien, le monde irait un peu mieux…

L'âme s'envole après la mort, parce que franchement, chez l'homme, c'est ce qui pèse le moins lourd !

Un Français sur cinq a plus de soixante ans.
— Un seul ?
— Un seul sur cinq.
— Ça m'étonnerait, j'en connais déjà deux, des Français de plus de soixante ans.

Si le Noir a les mêmes droits que le Blanc, il faut que le Blanc ait les mêmes droits que le Noir.
— Du genre ?
— Du genre… jouer de la trompette la nuit.

Ça va vite…
— Trop vite, le lendemain du Tour de France on pensait déjà plus vélo.

J'aurai jamais peur d'aller dans le bureau du patron tant que la porte sera en bois.

Le meilleur moyen de se débarrasser des séparatistes, c'est encore de les séparer.

Les spéculateurs peuvent gagner des milliards sur un coup de téléphone… moins le prix du coup de téléphone.

Le camembert est un être vivant.

C'est bien la peine d'avoir une chemise en soie et de boire du rouge ordinaire !

Le classique est moins varié que la variété, forcément, mais d'un autre côté les morceaux sont plus longs et ça compense.

— Pour te faire un classique de trois heures, il te faudrait je sais pas combien de variétés.

Dans le sud de la France, tu creuses un peu, à un mètre t'as plus que du caillou, à un mètre de profondeur t'as déjà plus de France, t'es déjà plus en France, à la limite si tu continues de creuser, t'es perdu dans les cailloux, comme si, tu veux, c'était un désert souterrain, directement sous le sud de la France, et qu'à mon avis si on veut pas que la France du Sud disparaisse dans ce désert, faudra ramener de la terre du Nord, mais ça, c'est des travaux énormes, personne ne veut les faire, jusqu'au jour où ça sera trop tard, et ce jour-là, ça va pleurnicher dans la garrigue, moi j'te l'dis.

Tous les alpinistes chient dans la neige, alors résultat ton glacier c'est plus qu'une boîte de « Mon Chéri ».

Avec un petit bout d'hostie sur une tapette, en montagne tu peux encore choper un curé.

Le premier jour de la paix tout le monde est content et c'est absolument normal, et le deuxième jour tout le monde tourne en rond en disant, bon, qu'est-ce qu'on fout ? Bien sûr puisque la guerre t'a détruit absolument toutes les infrastructures sportives, et les salles de spectacles ont morflé, c'est des tas de cailloux, les routes t'en as plus, les plages elles sont pleines de mines, t'as des vieux obus dans le sable, tu peux aller nulle part, tu tournes en rond avec les autres combattants, t'es appuyé aux voitures dans la rue déserte avec les fusils que tu as plus le droit de t'en servir, t'attends, c'est le matin, et après c'est midi, tu peux même pas dire, tiens, on va aller se boire un apéro, tout est détruit, t'as plus de bistrot, t'as plus de restos, t'as plus un self, tu peux même pas faire un flipper, après c'est deux heures, ça glandouille toujours, y a des gens qui commencent à passer avec des pelles, la guerre est finie depuis un jour que déjà ça rebosse, t'as la paye qui retombe mais tu peux rien dépenser, même à la montagne t'as que du barbelé partout, t'es condamné à te faire chier dans la rue, après il est déjà cinq heures de l'après-midi, et t'as rien fait, de toute façon y a rien à faire, et t'es pas le seul, en face c'est pareil, l'ennemi il est appuyé à ses voitures à lui et il se dit, qu'est-ce qu'on glandouille, alors forcément ça commence à tripatouiller les fusils, soi-disant pour les ranger, t'en as qui jouent à faire les cons, à viser en l'air ou à viser des fenêtres de l'autre côté de la rue, et pareil pour les gars de l'autre côté, ça fait les cons, ça se pince le cul à travers le treillis, il est huit heures du soir et les mecs ont pas envie de rentrer voir leur bonne femme, eh bien ! tu peux être sûr que c'est bien de la chance si y a pas un coup de fusil qui part et que la guerre elle recommence de plus belle, ça, tu peux être sûr…

J'avais tellement mal au cul, mais tellement, c'est comme si j'avais eu une dent cariée au cul.

Quand je vois ces cons qui se promènent au bord de la mer, j'aurais honte d'être la mer !

Ils viennent se droguer dans mes toilettes, et pourtant je mets plein de Harpic.

— Moi, je les broierais dans une machine.

Il est très bien habillé, mais des fois il chie dans son pantalon.

— Faudrait savoir ce qu'il veut !

Y a jamais eu de bordel dans mon bistrot !

— Tu sais comment on l'appelle, le patron ? Anticyclone.

— Exactement ! Avec moi y a pas de perturbations !

Moi, ce que j'aime, c'est donner des coups de couteau.

— Bon ben salut.

T'as vu la cicatrice ?…

— … !

— C'est moi qui me la suis faite.

— … ?!!!

— De là… à là…

— Bon ben salut.

Moi ce que j'aime c'est me donner des coups de couteau.

— Il a fini lui, oh ! Y me fait partir tout le monde lui, oh !

Comme y disait, Pierre de Coubertin, l'essentiel c'est de pas se faire chier.

Michel-Ange, avec du beurre mou, y te fait un ange.

Marchais a des trous aux chaussettes, il prend sa retraite, sa femme va lui recoudre, quel ennui…

Quand il est chez la mère Alice, qui c'est qui lui paye à boire ?

Travailleur volontaire en Allemagne, on sait où se faire servir à boire et où se faire repriser ses chaussettes, voyons !

Chez un patron, t'y restes pas quatre heures.

Les présentateurs sont payés pour dire les informations, c'est déjà là que tu sens que c'est pas honnête…

— T'annonces la guerre, tu prends des sous, non, non…

Si Pierre Bellemare disait la messe le dimanche, je la regarderais, je vois pas pourquoi ils font faire de la télévision à des curés qui ne sont pas des professionnels…

Chercher du boulot ? Mais je fais que ça ! Et encore faudrait-il qu'y en ait aussi ! Si je vous envoie aux champignons quand y a de la neige, vous allez pas chercher non plus vingt heures ! Alors dites pas que je cherche pas ! Dites pas ! Hein ! Dites pas ! Et vous, vous en cherchez du boulot ? Vous en avez ? Alors qu'est-ce que vous foutez là ?!

La Nausée ? Jean-Paul Sartre ? Ça donne pas tellement envie de lire.

Tu dis rien ?
— J'ai déjà discuté à la boulangerie.

C'est un journaliste qui a les joues grosses, et ça c'est pas bien, ça s'appelle un hamster de l'information.

Un carrelage avec dessus les noms des présidents de la République, t'en fais tout un mur, mais une frise dans la cuisine, c'est bien, de toute façon en carrelage, ce qu'il faut c'est innover…

Plus d'un coup de téléphone par jour, je sais pas quoi répondre.

Les plus grandes découvertes scientifiques tiennent sur un ticket de métro, si ça dépasse du ticket, c'est que c'est une moins grande découverte.

… ça nous repend au nez le big-bang, pas tout de suite mais ça nous repend au nez, on sera plus là pour le voir mais vous verrez…

Fellini est dans le coma, et son cerveau est abîmé.

— Ça y est, il est con comme tout le monde ?

Il n'y a pas de frontière pour la pensée.

— Si.

— On ne peut pas l'arrêter.

— Si.

— …

Une naissance, une mort, une naissance, une mort, c'est un équilibre dans la nature, et pour deux morts, des jumeaux.

Aujourd'hui, elle dit qu'elle veut être incinérée alors que seulement hier, elle disait qu'elle ne veut pas mourir.

— Ça approche.

Un automne pareil… pff… exactement le même automne que l'année dernière… pff…

— Jamais content, celui-là.

— Le même ! Je vous dis, le même !

— Avec vous les têtards font des têtards, y a jamais les grenouilles !

— Le même automne je vous dis, et l'année prochaine pareil, vous verrez si ça fera une grenouille…

— Vous me fatiguez.

— Oui… ça change pas non plus, ça non plus…

Avant, quand je perdais mon porte-monnaie dans le quartier, on le ramenait, mais maintenant…

— Maintenant y a plus de quartier, Mémène, y a plus de quartier.

— C'est vrai, avant, quand je rentrais dans mon immeuble, il était là…

— Y a plus d'immeuble, Mémène, y a plus d'immeuble.

— Avant…

— Avant t'étais moins bavarde.

☕

Sur la Croix, il avait déjà du bide.

Jésus, à côté de l'abbé Pierre, c'est un rentier.

J'aime pas les curés, mais lui c'est un grand monsieur.

— Un Capricorne.

On se demande vraiment pourquoi il est allé naître chez les musulmans…

Ce qu'il nous faudrait, à la tête de la France, c'est le pape.

Il faudrait que ça soit lui le fils de Dieu, plutôt que l'autre qu'on voit jamais.

Avant Jésus, y avait la messe mais y avait pas encore la crèche, évidemment.

Après une semaine de vie quotidienne, c'est plus de la vie quotidienne, c'est de la vie hebdomadaire.

Elle va pas bien en ce moment.
— Ah oui je l'ai vue, elle va comme la vieille eau des fleurs.

Si !
— Ah non, tu ne peux pas comparer ce que les Américains ont fait au Viêt-nam et ce que les Français ont fait en Algérie. En Algérie, on respectait les Vietnamiens !

Si on arrive à voyager dans le temps, cons comme on est, on partira tous en même temps et faudra cinq heures pour aller dans dix minutes.

Tout le monde veut être heureux.
— Suffit pas de vouloir, faut se remuer le cul, combien j'en entends qui disent qu'ils aiment la pêche et qui y vont pas, combien ?

Elle travaille la nuit, sa crème de jour elle la met la nuit, forcément, et sa crème de nuit elle la met le jour pour dormir, forcément, de toute façon, les crèmes, c'est de l'eau avec de la farine, c'est pas elles qui vont dire le jour ou la nuit.

Et pourquoi dans les cafés y a jamais la période des soldes ?

Ah ! là, là, des vertes et des pas mûres !
— Ah bon ? Moi non, des rouges et des mûres.
— Toi, ça va toujours.
— Et mon café ?

Les Étrusques, à part faire des vases, je vois pas ce qu'ils ont fait, c'était un peu de la fabrication pour touristes, déjà, à l'époque.

Moins de chômage, plus de consommation et moins de dépenses de maladie, si t'arrives à ça, tu relèves l'économie.

— C'est Balladur qui a dit ça ?

— C'est Balladur.

— Tu bosses, tu bouffes et tu vas pas chez le docteur, c'est ça qui va sauver l'économie ?

— C'est ça.

— C'est Balladur qui a dit ça ?

— C'est lui.

— …

— …

— T'es sûr ?

L'oiseau le plus évolué, c'est la plume d'oie.

Un apéritif se sert en regardant le client dans les yeux.

Il a des fourmis qui courent dans le sucre, il met du sucre dans son café et des fois y a une fourmi dessus, il s'en fout, il touille la fourmi dans le café, c'est un fou ce mec, et des fois t'as une fourmi dans ton café, c'est un fou dangereux.

Au milieu de la mer, t'as bien trente mètres.

Bruel, plus personne écoute, ah non, Bruel c'est fini fini, il a plus qu'à retourner à son ancien métier, maçon.

La mort c'est la vie puisqu'on devient de l'engrais.
— C'est pas l'engrais qui fait les bébés.
— On devient de l'engrais pour les plantes.
— C'est pas les plantes qui font les bébés.
— …
— Plus on meurt, moins y a de plantes.
— Plus y a de bébés.
— …
— Plus on meurt, plus y a de bébés ?
— …
— C'est qui, les parents ?

À partir de dix millions de chômeurs, je crois qu'on peut sortir le soleil et les parasols…

Je suis pas tellement Vache qui rit ce matin…

Il y avait un cirque sur la place, juste le jour où je recevais du monde pour manger, il fallait faire le tour des chèvres pour rentrer, et ensuite un chameau est passé quand on a ramené le gâteau, c'était vraiment pas le jour ! Une fois par an il est là, et c'est tombé quand le collègue et sa femme sont venus, j'ai rien contre ce qui est ludique, mais un cirque en banlieue, vous vérifiez votre portefeuille ! À la campagne, oui, près des habitations, non, d'autant que les animaux sont pleins de miasmes, je sais que c'est mental, mais la tarte aux poires, elle avait un goût de chameau.

Si l'abbé Pierre se fait incinérer, moi j'en veux un sachet pour mettre à la maison, c'est un saint cet homme, un saint.

Le pape, c'est une ampoule à côté de l'abbé Pierre qui est une bougie.

L'abbé Pierre, c'est une sorte de commandant Cousteau.

Le plus bel exemple à enseigner, c'est les légumes qui ne se font pas la guerre.

Les mecs recherchés par la police se mettent dans les coins.

Quand je ne suis pas à la maison, elle me fait des fleurs, c'est une plante qui me fait des fleurs quand je ne suis pas à la maison, je rentre, la plante est pleine de fleurs, un jour elle aura mis la table, cette plante-là…

Les mimes, c'est vieux, c'était du temps du théâtre muet.

L'esclavage dans un champ de fraises, c'est pas vraiment de l'esclavage.

Je préfère que les gens se plaignent de moi plutôt que moi je me plaigne des gens !

Un jour l'ordinateur ira à la messe, le curé lui mettra une disquette sur le bout de la langue pour communier.

Debout dans une église, c'est comme assis dans un avion.

Les gens sont innocents.

C'est une belle journée pour être un chien.

La glace tue les microbes, mais l'ennui aussi c'est qu'elle les conserve intacts.

C'est un concert qui dure quatre heures.

— Y a des cabinets ?

Quand ça sonne je n'ouvre pas, si c'est un étrangleur, il va étrangler ailleurs.

J'ai été menacée de mort par un chat !

Dans les camions de transport de fonds, les mecs peuvent faire des pokers si ils veulent, ils ont la monnaie.

On fait une grande famille, à la Poste.

— Nous aussi, à la Gare.

Il veut s'en acheter une avec la peinture métallisée.

— Ça veut rien dire, des fois la Lune elle est métallisée, et c'est pas pour ça qu'elle roule vite.

Avoir vingt ans sous Balladur, c'est mieux qu'en avoir quarante.

On aime Céline parce qu'il écrit bien ; heureusement qu'Hitler était pas un grand peintre !

OMAR M'A TUER, quand on fait des fautes d'orthographe, on tue pas les gens.

Maintenant c'est des guerres compliquées, on sait pas où est l'ennemi, si ça se trouve y en a pas, les mecs se font du cinéma, ça arrive, ça nous arrive bien à nous des fois qu'on croit qu'on est suivis…

— Pas par un char.

Les jeunes sont moins courageux que nous.

Je me souviens que l'ultimatum pendant la guerre du Golfe, c'était autre chose que l'ultimatum de la guerre en Bosnie, les ultimatums, c'est plus ce que c'était…

Dubrovnik, en Espagne…

Mon malheur, c'est mon œuvre, je ne sais faire que ça…

— Mais non… mais non…

Le paradis, c'est une bonne idée.

Il faut une patience d'ange pour broder une marque de soupe sur un torchon, c'est un exemple parmi d'autres…

Des fois chez moi, quand je suis tout seul, je parle à la soupe.

Si tu veux devenir magicien, c'est deux cent quarante-cinq francs avec cette boîte.

— Ça m'intéresse pas.

— Ça t'intéresse pas de devenir magicien pour deux cent quarante-cinq francs ?

— Ça m'intéresse pas.

— Et ça intéresserait pas quelqu'un que tu connais ?

— Putain, je te préférais quand t'avais pas de boulot, toi !

On peut aller contre le progrès, et comme on peut aller avec, où on va, nous ?

Si l'intelligence artificielle fait une connerie, c'est pas grave, c'est une connerie artificielle.

Ton ordinateur, si t'es bricoleur, tu peux le transformer en bar réfléchissant.

Pas brillant, la météo.

— Dites pas ça ! Plus ça pleut, plus les clients restent longtemps, plus les yeux brillent ! Brillant, la météo ! Brillant !

Les fleuristes, à part vendre des fleurs, ceux-là…

Je ne dois rien à personne !

— Moi non plus, je ne dois rien à personne.

— Tu me dois rien, je te dois rien.

— On se doit rien.

— Nous, on doit rien à personne.

— Moi non plus !

— Lui non plus.

— Ici, personne doit rien à personne.

— Ici, personne.

— On doit rien à personne.

— Personne nous doit rien.

— Non, personne nous doit rien.

— C'est pas la peine d'aller réclamer.

— On nous donnera rien…

La Vizirette est passée de mode.

… je ne suis calme qu'à la pêche, il faudrait que j'aie de la pêche sur moi…

Si tu as le concept, tu as l'émission.
— C'est la vie des paysans vue par les cochons.
— Mouais…

Ni commander ! Ni obéir !

Je te dis qu'il est en train de mourir !
— Pas du tout ! Il est en pleine forme ! T'as vu sa bagnole ?!

Elle va comment ?
— Elle ne va pas bien du tout, elle est même morte.

Elles conduisent des camions, elles mangent du pâté, pourquoi elles joueraient pas au rugby ?

Ils les décapitent à la hache.
— En Allemagne, même le gâteau c'est à la hache.

Boris Vian, « J'irai sur la tombe » et tout le toutim !
— Pas lu ça…

C'est un risque qui existe, de s'étouffer en avalant sa langue.

— Faut mâcher.

Elle a accouché jeudi et il paraît que son enfant il est *light*, un kilo deux…

Moi j'aime bien la face cachée des stars parce que ça change un peu…

Toute la Terre meurt régulièrement.

Moi aussi, j'ai été jeune, alors les jeunes je les comprends, mais pas ceux d'aujourd'hui.

Le chômage, c'est la nature de l'homme, mais pas la misère, je vois pas le rapport, tu n'as pas de travail, c'est naturel, ça ne change rien, t'es assis sur une chaise au soleil, de quel droit tout d'un coup tu es sanctionné par la misère parce que tu passes toute la journée assis sur une chaise, c'est un rapport de cause à effet absolument pas naturel, un jour, tu verras, si tu as plus de travail la respiration va s'arrêter, c'est aussi antinaturel comme conséquence que mourir tout seul dans un carton, aussi pas normal, on mélange le boulot et la nature, tu bosses pas, on te dérègle ta biologie, ça y est on y est, en l'an 2000, on y est !

Ils font des manifestations pour devenir patrons…
— En 68 c'était le contraire.
— Ils ne seront jamais patrons !
— Ceux de 68, ils sont patrons maintenant…

On n'en a plus, des grands journalistes comme Shakespeare.

Des sculpteurs comme Rodin, y en a plus, le moule est cassé.

T'as lu le papier sur *Les Aristochats*, dans *Libé* ?

Quand tu as de l'atroce souffrance tu as envie de mourir, et tu sais ce qu'ils te mettent, à l'hôpital ? La télé.

Du bouchonné j'en bois.
— Et tu t'en vantes ?!
— Toi tu le jettes, c'est pas mieux.

Le beurre colle le jambon au pain, et les cornichons tu les mets entre le jambon et le beurre, c'est une sorte de mode d'emploi.
— On croit que ça se fait tout seul…

Doisneau, c'est un photographe que même les cons y connaissent, t'as qu'à voir…

Les cons ça me dérange pas, y m'en faut plus !

Trente-trois ans.
— Plus.
— Jésus, il a vécu trente-trois ans.
— Plus, si tu comptes la ressuscite.

Il travaille au bord de la mer, toute la journée enfermé dans un bureau, comme si c'était une huître avec une machine à café.

C'est complètement à l'autre bout de Paris ! Leur stage pratique, il est pratique comme mes fesses !

J'aime pas le pain.

Son fils habite dans le Rhône.
— … ?
— Depuis deux ans.
— Et comment il respire ?

Bonaparte personne connaît, alors que Napoléon tout le monde connaît.

Pousse-toi.
— Si je bouge UNE oreille, je dégueule.

Le fœtus sur la photo il est tout petit, tout petit, on dirait un ver de cul.

Des heures dans les cabinets mais enfin bon, il y a des rançons qu'il ne faut pas payer.

Tu peux être docteur sans rien y connaître, au corps humain, à condition que la paperasse suive !

Mais tous ces imitateurs, ils ont pas de voix à eux ?

Je préfère encore Raymond Barre qui dort tout le temps aux autres qui sont trop bien réveillés !

Ceux qui travaillent dans les mines de sel, à la pause ils mangent la soupe en surveillant le plafond.

Raphaël, peintre et apéro. Rembrandt, que peintre. Martini, pas peintre, que apéro. Raphaël, si tu veux, c'est le beurre et l'argent du beurre.

Si tu mélanges toutes les races, tu vas obtenir quoi ? Un Noir qui mange du couscous avec des baguettes en buvant du vin rouge…

Ce que je veux qu'on me dise, à la télé, c'est si c'est ouvert en bas de chez moi, c'est la télé du futur, la télé d'en bas de chez moi.

On a supprimé les pompistes, on en remet, on a supprimé les concierges, on en remet, on a supprimé la révolution, on finira bien par en remettre.

Moi je dis pareil que toi.
— J'ai rien dit.
— Moi non plus j'ai rien dit.

À cause du tout-à-l'égout, la merde de Sarkozy rejoint nos merdes à nous, moi j'ai voté pour lui, je m'en fous, mais les autres…
— Les autres ils ont connu ses femmes avant lui.

On n'est que de la graine, t'enterres un grand-père, y pousse un gamin !

Celui qui a inventé la jouvence, il est mort.

Si un jour tu m'aimes plus, j'espère que tu te souviendras que c'est moi qui t'ai acheté ton premier jambon.

Il est mort dans la pleine force de l'alcoolisme.

Carmet, pour moi, c'était plus qu'un homme, c'était du bon pâté, et tu sais que pour moi c'est un compliment, le bon pâté…

Carmet il est pas allé loin, il est assis dans Depardieu.

Pas plus tard que l'an dernier, j'ai rencontré un petit gars qui les avait gardées, les petites-filles à Carmet, c'étaient paraît-il des merveilles d'intelligence et de beauté, elles ressemblaient pas du tout à leur grand-père comme genre.

Carmet, je voudrais bien qu'on l'enterre chez moi, si c'était autorisé par la mairie.

On dit qu'il est mort de chagrin à cause d'un prix de cinéma qu'on avait donné à l'autre… ? Pécuchet, c'est ça !

Mon père à moi, je vous parle de mon père, a voyagé en avion avec Jean Carmet, c'était dans les années… 60 ou 70… il arrêtait pas de gueuler « Je suis Jean Carmet, je suis Jean Carmet ! », mais personne le reconnaissait. Il voulait du vin.

Le matin je mets mon slip sur la tête pour faire rire ma femme et me faire pardonner, et ma femme me pardonne grâce au coup du slip…

Ni voiture ni train, j'aime pas les accidents qui roulent en général, mais un accident chez moi, le gaz explose, ça va, mais un accident devant tout le monde, non, ça regarde personne, mon accident personnel.

Le clochard doit trouver un abri sûr pour la nuit près d'un point d'eau, c'est l'Afrique maintenant, ici, l'Afrique…

C'est un café en face de « Ronde et Jolie », les habits, tu peux pas te tromper.

Des trompes d'eau ! des trompes d'eau !
— Des trombes.
— Oui, aussi.

Tu meurs, tu deviens l'imparfait, ah moi je dis, le mieux du vocabulaire c'est quand même le présent, moi je dis…

Moi, mon but, c'est pas d'être ivre morte, après je regrette.

Dans les files indiennes t'as jamais d'Indiens.

Tous les cimetières sentent bon, alors que des fois, t'oublies un truc dans le frigo, bonjour…

Le plus dur, dans le casque à plume, c'est comment qu'elle tient, la plume ?

Il est fou de mettre des lunettes ! Et s'il se prend le coup de poing dans la gueule !

C'est des salles minuscules, tu manges un Eskimo, tu vois plus l'écran.

Elle a accouché de quinze lapins.
— Quinze ?!
— Quinze ! On n'a pas ça chez les poules.

Le 5, je vais à une dégustation de Ricard et de Pacific.
— Le ?
— 5.
— De ce mois ?

— Là, bientôt, tu peux venir avec ta femme, y a du Pacific.
— Oui, euh…
— Même les gosses, y a du Pacific.
— Oui, euh…
— Quoi ?
— Faut que je demande.

Il faut oublier le passé, c'est bien leur défilé des Allemands sur les Champs-Élysées.
— Si on voulait oublier le passé, on ferait pas de défilé du tout !

On se plaint quand on a un rhume, mais quand on regarde autour de nous, dans les hôpitaux, tous ceux qui ont des maladies, mais là je plaisante plus, j'aime plaisanter mais là je plaisante plus, toute la misère qui nous entoure et nous on se plaint qu'on n'a rien, on est irresponsables, et là je plaisante plus, oui, oui, elle va être belle la France, dans vingt ou trente ans on prépare des malheureux, on n'a pas d'idéologie mais je sais qu'on pense pareil, il n'y a pas de discipline, résultat, vous verrez, moi je serai plus là pour voir et c'est tant mieux, vous vous êtes jeune, dans vingt ans vous verrez la France dans quel état elle sera, ils disent que ça va s'arranger, c'est pire, le Parlement, les parlementaires, moi je dis c'est le Parle et Ment, le parle et ment, le Parlement, le Parlement, parle et ment, ça parle et ça ment, le Parlement, les lois qu'ils font passer, mais moi si on me demande en dix secondes j'en fais plus qu'eux, on est là pour boire mais on est là pour parler aussi, on va pas regarder notre verre, et des lois sur la France, on en a là-dedans, je réfléchis souvent à des lois qu'il faudrait pour la France, parce que c'est facile de critiquer mais l'art est difficile, il faut construire, détruire n'est pas l'avenir, construire c'est l'avenir, deux francs de plus par litre de carburant, la TVA qui va augmenter, les transports, l'eau, l'électricité, et ça dit que ça sait gouverner, excusez-moi mais on nous prend pour des imbéciles, tout ce qui nous guette c'est l'implosion de la société par explosion sociale, c'est le processus connu mais personne ne veut le combattre alors que tous ces messieurs bien habillés, combien ils sont payés pour ne rien faire sinon se remplir les poches, tous ces milliards envolés alors qu'ils n'ont pas réparé les fleurs du rond-point après que la voiture a roulé dessus, des pensées…

Il vend jamais un matelas, c'est une couverture, sa boutique.

Je suis en trop sur terre.
— Mais non !
— Si si si, je suis un marin.

Je suis un garçon, mais j'ai une robe.
— Putain, le pédé !

Si !
— ...
— Si !!
— ...
— Si !!!
— Oh, du calme, personne dit le contraire.

Tout, je vois tout, j'entends tout, pour ça je suis un énergumène.

Pour maigrir y a des produits, mais pour grossir ?

Si tu manges le foie du poulet, et que ton ennemi c'est le poulet, tu prends la force du poulet.
— Elles sont cons, ces religions.

Mon idée c'est l'abattoir minute, dès que un client vient pour de la viande, tu tues la bête, sinon elle reste derrière dans un pré, comme ça ça évite que tu as tué la bête et personne achète la viande et ça te reste sur les bras, après c'est les grandes surfaces qui marchent dans la boucherie de quartier, tu peux la fermer illico presto.

— Tu tues la bête, et la bonne femme elle change d'avis, finalement elle veut un poulet.

— Oui mais ça, c'est extrême.

Mitterrand qui est nazi, alors là on aura tout vu, y savent plus quoi inventer pour que les socialistes restent pas au pouvoir.

— Il est pas pire que les autres qui étaient nazis aussi, non ? C'est vieux tout ça, c'est vieux, et après tout il a le droit de faire ce qu'il veut, à condition que ça nous concerne pas, non ?

— C'est de la vieille histoire.

— Et le Tapie, là, qui la ramène en plus !

— On se demande ! Des fois on se demande !

Pour deux bouteilles achetées, tu en as une gratuite, ça dure du 21 septembre au 11 octobre chez Nicolas.

— Comment tu sais tout ça, toi ?

Il est courageux d'avoir un cancer, Mitterrand.

Mitterrand, il est beau parce qu'il va mourir.

— C'est con, d'en arriver à ce genre d'extrémité.

Je bois plus.

— Et alors, nous on boit, l'autre il est aveugle du goulot et y vient faire sa frime !

Il a perdu ses verres de contact dans la baston.

— Moi je me souviens, à l'époque c'était pareil avec les lunettes.

Si Mitterrand il était avec les Allemands, alors les jeunes comment voulez-vous qu'ils comprennent ?

— Mais il était pas avec les Allemands !

— Écoutez, je sais ce qui se dit, tout de même !

J'aime pas voir quelqu'un malade à la télé.

— Mitterrand ?

— Je suis pas docteur, merde !

L'eau de Vichy, moi je serais l'eau, bon, bref… c'est une blague mais bon, bref… l'eau de Vichy, ceux de l'eau, pendant la guerre, ils en vendaient de l'eau, et à qui ? C'est pas les résistants qui buvaient du Vichy…

On croit rêver, et ça c'est une expression que j'utilise jamais, c'est la première fois.

Il n'y a que l'homme qui lise des livres, et pourtant t'as pas plus con dans l'univers !

Poulet nouilles, avec le jus du poulet sur les nouilles, tout le monde est content, le poulet, les nouilles et le gamin !

La Twingo, c'est une voiture pour regarder passer, pace qu'on peut pas monter dedans.

Le slow, je bande, le tango, je débande.

— Dis donc, t'as la bite musicale, toi.

Tu viens pas chez un kinési avec un gros slip !

L'œil bleu est plus transparent, alors on voit mieux à travers.

— Mais y sont noirs, les miens, et je vois très bien à travers !

— Pareil que les bleus ?

— Ah oui !

— Certainement pas ! Et d'abord, vous avez déjà regardé à travers des yeux bleus ? Alors comment vous pouvez savoir, vous ?!

J'ai picolé, on a discuté boulot, j'ai pas payé, c'était un apéro d'affaires.

Moraliser la vie publique, d'accord, mais faut que ça continue à magouiller dans le privé, sinon ça sert à rien…

Le pire que le bain de sang, c'est la douche.

C'est pas un homme qui détruira la Terre, c'est elle-même qui va se suicider, vous verrez, un volcan dans la tempe, hop !

Les sectes, au début c'est bien, t'es habillé comme un con, tu manges du chocolat, mais après faut se suicider…

En France on risque rien, y a pas de gourou.

C'est le juge d'instruction qui a le plus de pouvoir, même à l'époque s'il voulait, il faisait embarquer Jésus… d'ailleurs c'est ce qu'il a fait, je crois.

Je pourrais écrire des livres, quand je parle je ne fais jamais aucune répétition.

Le plus de suicides, c'est chez les institutrices, et après chez les sectes.

— Institutrice, c'est un genre de secte aussi…

En Suisse, il y a un abri antiatomique en dessous de chaque maison.
— De toute façon, si la Terre est détruite…
— Il restera la Suisse.

… c'est la politique de l'escargot à l'envers, avec la coquille en dessous…

Moi je préfère mourir.
— Pas moi.
— Vous sortez, tout le monde est mort, tout est détruit, moi je préfère mourir.
— Moi j'attends dans l'abri que la radioactivité baisse, et je sors.
— Ça baisse pas.
— Mais si ça baisse, la nature est la plus forte, ça baisse, comme les marées noires, deux ans après, on ne voit plus une trace de noir sur les rochers.
— C'est les militaires qui nettoient.
— Là c'est pareil, les militaires vont nettoyer.
— Moi en attendant je préfère mourir.
— Vous regretterez, quand l'herbe aura repoussé et que vous serez pas là pour le voir.
— L'herbe…
— Ou la nature…
— Moi, la nature…
— Ou ici, ça sera rouvert.

— Ici ? Déjà que j'aime pas le patron, c'est pas pour revenir après que la Terre est détruite.

Il dit à tout le monde que je suis une feignasse.

— Ça se dit pas sur la place publique, ça.

Je sais plus comment je suis rentré.

— C'est moi qui t'ai ramené.

— Tu m'as ramené ?

— C'est René qui m'a dit que je t'avais ramené, parce que moi…

La couleur des yeux se transmet de père en fils, et une fois mon père il m'a mis un coquard.

Si on sait le nombre de morts dans le monde chaque seconde, on regarde plus l'heure.

C'est un curé qui fait des expériences de croisement sur les petits pois.

— Il est pas trop fatigué, j'espère…

J'ai jamais eu mal à la tête avec du bon blanc.

Je suis pas raciste, mais enfin… y en a qui gagnent au tiercé deux fois de suite.

Prévert, celui des poésies, il y a une photo où il monte des escaliers.

— Faut bien qu'il rentre chez lui aussi.

Je m'en fous de mourir !

— On s'en fout que tu meures.

Les jeunes ne veulent plus vendanger.

— S'ils veulent tous être docteurs, ça va déchanter.

— Les docteurs, ça les fait rire de vendanger, eux, par contre.

— Excusez-moi, mais tout ça, c'est cul par-dessus tête.

Un mot pour chaque chose, le français c'est incroyable comme langue, partout où tu regardes, c'est un mot pour chaque chose, partout, y a pas un seul endroit où tu regardes et y a pas de mot.

— …

— Toi par exemple, t'es un connard.

— Non mais écoutez dites donc, dans le quartier vous êtes fatigant !

Quand à la télé tu fais pas d'audience, t'es viré devant tout le monde, toute la France le sait, alors que moi quand j'ai été viré, personne l'a su, j'aurais pas supporté, vraiment, à la télé, ils ont aucune fierté, aucune ! Et c'est pas la paye qui remplace la fierté, à force, ça se saurait… comme des malpropres qui ont volé… ah les pauvres… les ouvriers à côté, avec leurs ennuis, c'est des lingots de fierté !

Les gosses l'ont fait chier jusqu'à ce qu'il divorce d'avec sa nouvelle femme, t'sais, c'est pas marrant, il a divorcé, ils ont fouillé dans les papiers pour l'argent, t'sais, il aurait mieux fait de se taire…

— Elle est partie ?

— Il est tout seul, t'sais, quand c'est tes gosses qui t'obligent, t'sais, c'est dur.

— Il est faible, aussi.

— Son plus grand il est poissonnier, tu sais comment on est dur dans le poisson.

— C'est difficile, comme métier.

— Toujours en contact avec des races qui ont l'œil tout froid, ça fait perdre le bien du mal, et ça pue.

Caroline de Monaco, Caroline de Monaco, Caroline de Monaco !

— Pendant qu'ils parlent d'elle, au moins on est tranquilles, ils parlent pas de nous.

Bocuse, quand y va chier, c'est comme Shakespeare qui déchire son bouquin.

Tu mets des shorts, toi ?
— Non, moi je fais de la marche.
— Parce que je te vois pas en short.
— Et toi tu mets un short ?
— Oui, quand je cours, je mets un short.
— Tu en as plusieurs des shorts ?
— Oui... bon... parlons d'autre chose, on ennuie les gens.

Ne faites pas l'intelligent avec moi !
— Je fais pas l'intelligent.

Fais gaffe, derrière le comptoir y a un nerdebeu.
— Il a un nerf de bœuf, cet enculé ?!
— Oui, là, derrière, un nerdebeu, tu fais le con, tu prends dans la gueule un coup de nerdebeu !
— L'enculé qu'c'est !
— Et en plus, il a une batebazebol ! Tu prends ça dans la gueule, le nerdebeu et la batebazebol, t'imagines ?!
— Oui.

— L'enculé qu'c'est… T'imagines ?
— Oui.
— T'es d'jà v'nu ?
— Oui.
— Alors dis-le ! Tu me laisses parler, là…

La fille naturelle de Mitterrand…
— Mais on s'en fiche !
— … elle est pas surnaturelle.

Personne sur terre pisse bleu, par exemple, même chez les oiseaux.

… je dis pas que tu mens, tu économises la vérité, c'est tout…

Quand j'ai rien à dire, je me tais.
— Vous êtes comme moi.
— Vous vous taisez aussi ?
— Oui, je me tais.
— C'est mieux.
— Ah oui, indiscutablement.
— …
— Indiscutablement…

Des actions Renault ? Pensez, je n'ai même pas le permis…

Les nuances de couleurs, dans les habits, c'est ce qui ramasse les taches.
— Un jour de la tomate, paf, sur le camaïeu.

Robert, il m'aime bien.
— …
— C'est vrai !

Une Suze ?
— Moi, ça m'est égal.
— C'est vous qui buvez.
— C'est vous qui payez.

Il est ridé de la tête.
— Il est vieux, c'est normal.
— Ridé dedans la tête.
— Ça, c'est plus embêtant.

Une salle de bains, c'est plein de dangers pour un vieux, le carrelage qui glisse, moi qui l'oublie dans l'eau…

Tu as un spermatozoïde plus rapide que les autres, et ça, c'est déjà la sélection naturelle dès le départ, ils sont pas tous de la même force, il y en a un qui est plus fort, sur des milliards, un !

— Oui mais tu peux pas mélanger les spermatozoïdes et les problèmes de niveaux scolaires…

— C'est pareil.

— Non, et déjà ils ne sont pas un milliard par classe, ils sont trente.

— Justement.

— Non, pas justement, pour reprendre ton exemple, trente spermatozoïdes, tu peux les faire tous arriver en même temps, l'ovule, il va pas exploser pour ça.

Les dieux grecs, quand ils étaient en colère, ils pétaient tout avec la foudre ou à coups de massue sur la montagne. Le nôtre, il est pas content, hop, le sida !

— Le nôtre, c'est pas un dieu, c'est une fiote.

Le sida a rien à voir avec Dieu !

— Et pourquoi c'est avec la bite alors que ça s'attrape ?

— En tous les cas, c'est pas en donnant des sous à la quête !

… c'est toujours les cuisines qui sont inondées par les rivières ; les fleuves, c'est plutôt les garages.

L'eau de mer, c'est de l'eau qui est toujours en vacances, par un certain côté.

CElui qui a invEntÉ l'alphabEt, il aurait pu mEttrE plusiEurs E, on n'arrÊtE pas dE s'En sErvir.

« Un intégriste palestinien bardé d'explosifs a tué trois soldats israéliens, hier, en lançant son vélo contre un poste militaire dans la bande de Gaza… »

— Pff…

— En vélo maintenant !

— Ça ne peut pas se prévoir, qui surveille les vélos, qui ?

— Si il faut surveiller les vélos maintenant…

Il faudrait que tout le monde se présente aux élections, qu'on puisse choisir comme à la grande surface, plutôt que trois cons comme à l'épicerie du coin…

… Qui va fermer, d'ailleurs, soit dit en passant…

Souvent, c'est le cancérologue qui vous donne le cancer, en vous touchant avec ses mains.

— … !

— Même lavées, ça part pas.

Il est homosexuel, il fait ce qu'il veut, d'accord, mais en plus il met le même parfum que sa mère.

César, il fait compresser les trucs qu'il compresse par une tierce personne, tu parles d'un sculpteur !

— Il surveille.

— Oui, il surveille, eh bien pour moi un gars qui surveille, c'est pas un sculpteur, c'est un surveillant.

— Tu cherches la petite bête.

— Pas du tout ! Tiens, toi, hier, t'as rien foutu au boulot, et pourtant, je suis pas sculpteur.

Vous faites une crèche avec les bouteilles vides, eh bien, le beaujolais nouveau sera une fête autant religieuse que Noël, vu que Noël ça n'est plus tellement religieux, tout ce qu'on fait, c'est boire du beaujolais aussi… le pape, il est à la tête d'une drôle d'équipe, moi je vous le dis.

Le beaujolais arrive à minuit pile, le dix-sept.

— Le dix-sept ou le dix-huit?

— Le dix-sept à minuit.

— À minuit une, c'est le dix-huit.

— Non, à minuit une, c'est le dix-sept.

— Alors c'est le seize à minuit pile qu'il arrive.

— Non, le seize, c'est à moins une, minuit pile, on est le dix-sept, comme le premier de l'an, à minuit pile, c'est la nouvelle année.

— Il voyage le seize et il arrive à minuit du dix-sept ?

— Le dix-sept, c'est-à-dire qu'il est arrivé hier soir.

— On est le dix-sept ?

— C'est aujourd'hui.

— Ah mais moi je croyais que c'était demain ?

— C'est aujourd'hui.

— Alors pourquoi il y a pas le tonneau ? Pourquoi ?

— Exact, pourquoi ? Comment on peut savoir si y a pas le tonneau ?

— On n'est pas des devins non plus…

… normalement, je préfère le vin blanc…

Jésus est né le 25 décembre, c'est un Capricorne, du coup.

Chaque profession a ses brebis galeuses, même chez le pape, le pape il est pas plus à l'abri, puisque c'est un homme, tu m'arrêtes si je te froisse, tu m'arrêtes, je ne suis pas là pour dire du mal de la religion, loin s'en faut, chacun pense ses idées et ça ne regarde que lui, la tolérance en tout point c'est une devise, et je l'applique autant que faire possible, c'est un respect de l'autre, en soi, qui passe par le respect de soi avant tout, qui se respecte dans la plupart des cas, la religion l'enseigne, ça, le code du respect, que j'appelle, moi, le code respectueux, j'ai envoyé une lettre à *Télé 7 Jours*, j'en parle, aux bons soins de *Télé 7 Jours* j'ai mis, pour Jean-Marie Cavada, je parle du thème de la tolérance, qui ferait une bonne émission pour lui, de l'islam et du pape, qui est le même dessein, à mon avis, puisqu'à mon avis il n'y a qu'un seul dieu, multifacettes d'accord, mais il est unique, et il a des représentants sur terre, parmi les hommes, comme le pape, qui est un homme lui aussi, avec les qualités de l'humain, je ne critique pas l'humain, mais avec les défauts de l'humain aussi, la cupidité, l'angoisse, la flemme aussi, l'orgueil, oui, beaucoup d'orgueil, qui peut être une qualité des fois, utile, oui, oui, utile, mais des fois, quel mercantilisme, ça ne ressemble pas à la voix de Dieu, et le racisme, là, le racisme, le pape n'échappe pas à la règle, forcément, il y en a dans la police, même dans des métiers qui ne sont pas au contact, pilote d'hélicoptère, quand vous êtes là-haut, franchement, il n'y a pas de quoi repousser son prochain sous prétexte de couleur de peau, ou pour des histoires de pouvoir au Rwanda, c'est un exemple, si, parmi tant d'autres, et vous en avez, c'est sûr, des pilotes racistes qui survolent les montagnes, on se demande pourquoi ils pensent à mal, personne les ennuie, eh bien cela c'est le facteur humain qui est en chacun de nous, que nous soyons le moine ou le ramoneur, moi si, si, moi aussi, si, si, je suis fait avec la matière de l'humain, pareil qu'un pape qui est pareil que moi, et je le sais, je suis raciste comme le pape, ni plus ni moins, ni moins ni plus, pareil…

On t'enterre, c'est les asticots qui s'y mettent, alors que normalement ça devrait être les vers de terre…

— J'aime pas parler de ça.

— Tu parles bien de tes hémorroïdes, des fois.

— C'est pas pareil, elles sont vivantes, mes hémorroïdes.

De l'or dans les rivières, tu en trouves de l'or dans les rivières, encore de nos jours, les poissons ils en avalent des fois, ça doit pouvoir exister que tu ouvres un poisson, il est plein d'or.

— Avec le suc digestif, l'or disparaît.

— Ça va dans le sang ?

— …

— Tu fais évaporer, tu récupères au fond du bol.

— Oui, eh bien, bon courage.

Quand tu maigris, si au moins le gras disparu tu pouvais le donner…

… aux oiseaux sur le bord de la fenêtre.

Il faut partager le travail !

— Trouves-en déjà un, de travail, toi, avant de vouloir partager…

Je l'ai appris l'apprentissage de la mort, pendant mon accident que j'ai fait ?

— …

— Deux grammes six.

— T'es pas un apprenti, toi, trou du cul.

Moi, c'est toi en plus personnel.

Tu m'as invité à un concert, c'est quand le concert ?

— Le ?

— Concert, tu m'as invité à un concert jeudi.

— Jeudi.

— C'est quand ?

— Jeudi.

— Il me faut le temps pour savoir un instrument.
— Qui ?
— Je joue du piano quand ?
— Quand ?
— Il faut que je sache, sinon je viens pas.
— Jeudi.
— C'est à quelle salle ?
— Tu trouveras.
— C'est à quelle salle ?
— Facile.
— Jeudi ? Et le piano ?
— Le piano ?
— L'instrument à musique pour jeudi.
— Toi ?
— Dans ces conditions, alors, je viens pas !

Avec tout on fait des chansons, exemple, les rizières à Bali.

C'est un apprenti sorcier tellement il conduit bien.

Moi je mange tout seul, mais si on mange en tête à tête, ça me dérange pas.
— Je vous invite.
— Moi je mange tout seul, je fais chauffer du chou.

— Pour le chou, il faut ouvrir les fenêtres.

La Bosnie, mais on s'en fout, on s'en fout, d'ailleurs aux informations c'était la Fête des Vignes.

On va aller voir les Chœurs de l'Armée rouge parce que ça, au moins, c'est du chant.
— Moi j'aime bien qu'ils se mettent en uniforme pour chanter, ça fait chant sérieux.

Tu lui dis rendez-vous au coin de la rue, il sait quel coin, quelle rue, il est livreur de pizzas, aussi, attention, aussi…

Le cercueil en bois tendre : quinze cents francs, quatre porteurs : neuf cents francs, plus le corbillard : huit cents francs et l'organisation du convoi : six cents – ça fait la totale à trois mille huit cents francs, c'est presque moins cher que l'accouchement, dis donc…

La religion la plus tolérante, c'est l'horoscope.

C'est l'heure là ? Oh merde !

Le téléphone portable, l'ordinateur portable, le porteur revient à la mode.

Les danses d'Ukraine…
— D'Ukraine ?
— Les danses d'Ukraine…
— Y a pas de danse en Ukraine.
— Ben ! Et les danses d'Ukraine ?
— Mais non, voyons…
— Ha bon…

… ni plus ni moins un connard…

Le pire écart de salaire, c'est un mois entre deux payes.

Le vertige s'opère, on te l'enlève du cerveau.
— Tout s'enlève du cerveau.

Décharger le camion, machiner des trucs, machiner des trucs, machiner des trucs, remachiner des trucs, repartir avec le camion, si t'appelles ça rien foutre, ben merde !

Le soleil, c'est une sorte de contre-pouvoir à l'EDF.

… il tombe, il se relève, il tombe, il se relève, il tombe… quand il a bu c'est une giboulée.

Enterré vivant, c'est déjà mieux qu'enterré mort.

Si tous les bistrots ferment, tant pis, on s'accoudera les uns sur les autres…

Plus tu vis longtemps et moins ça te fera de temps pour être mort.

Cinquante ans.
— Mourir à cinquante ans, c'est l'histoire du verre à moitié mort tôt ou à moitié mort tard, c'est selon…

Certains poissons vivent sous les noyés parce que pour eux, ça fait comme un radeau.

La massue, c'est un progrès d'une époque, le TGV, c'est un progrès d'une autre époque ; un coup de massue dans le TGV, c'est deux progrès dans la même époque.

La vie passe tellement vite, assis au bord de la route vous la voyez pas passer.

C'est bien les boîtes de whisky vides pour ranger les aiguilles à tricoter.

— Tu tricotes toi ? Non ? Alors…

T'aurais bu deux trois bières de plus, tu tombais ici mais au moins t'aurais pas été renversé par la voiture, deux trois bières de plus et t'avais rien.

Il faut bien que la parole serve à autre chose qu'à dire des trucs, non ?

Pourquoi douze est devenu une douzaine et onze est rien devenu ?

Tout ce qu'on rend à César depuis que César est mort, c'est impensable !

Je vais me suicider au yaourt périmé, pour voir…

Une sorte de schizophrénie répandue, c'est la mousse sur la bière, c'est de la bière mais c'est surtout de la mousse, c'est pas de la bière en fait, c'est pas de la vraie mousse, c'est curieux, sans être religieux, comme une secte.

Quand j'ai peur de quelqu'un, je l'imagine aux cabinets et ça passe, j'en ai plus peur.
— Moi c'est le contraire, quelqu'un aux cabinets, j'ai encore plus peur.

Dante ? L'écrivain qui est mort ?

… comme Rodrigue et Chimène, tout l'argent sur le même compte.

Cornélien, c'est quand y a des problèmes et racinien c'est quand c'est comme ça : tout droit.

Pourquoi les statues marchent sur les pelouses et pas nous ?

Le vin, ça fait parler, rien que déjà, y a des mots sur l'étiquette.

… de la poussière partout derrière les meubles, comme une maison pleine de réfugiés…

Tu peux chier dans un étui à violon, tu refermes, tout le monde croit que tu transportes une mitraillette.

Les auteurs modernes font des livres tellement petits qu'on ne peut plus mettre une fleur à sécher dedans.

Zola fait très bien sécher les fleurs.

C'est joli les chants des paras, ça gonfle les poumons.

L'ennemi des capsules spatiales, c'est le plat en sauce.

Les plans de Venise sont classés cartes maritimes.

Même les écureuils de Walt Disney sont plus intelligents que mon chat.

En France, on aura jamais la révolution puisqu'on l'a déjà eue.

Les critiques télé font vivre la télé alors que les critiques cinéma tuent le cinéma, finalement les critiques télé sont moins cons que les critiques cinéma.

Le seul avantage du chômage, c'est qu'on travaille pas.

L'empereur est mieux payé que le roi, sinon pour le reste…

Tout ce qui touche à la Création, c'est le Vatican qui prend les droits d'auteur.

… il est mort, il monte au ciel, il redescend, il en a fait des trucs Jésus pour qu'on ait des vacances.

Quand je regarde dans le miroir, je vois un vieux, ça y est, je vois un vieux.

— Mais non, mais non…

— Dites que je suis aveugle pendant que vous y êtes !

Plus tu cotises à la retraite, plus tu vieillis, c'est une saloperie ce truc-là !

Ivre, oui ; bourré, non.

Tananarive, un nom comme ça, c'est un coup à déménager.

On boit grâce à vous, mais vous mangez grâce à nous.

Le jour où on comprendra le cerveau, moi, je serai plus là.

Si Jésus revient, ça va être conférence de presse sur conférence de presse.

Autour des prisons, y a pas d'air.

Pour le vaudou, ils tuent une vache, nous pour à Pâques, on tue mille automobilistes.

Nous, à la maison, on a une Sainte Vierge qui s'allume, on appuie sur le bouton, elle s'allume.
— Une vraie Sainte Vierge s'allume toute seule.

C'est une statue de Madone, je sais plus son nom, en Italie, une fois par an elle pleure du sang, c'est vrai.
— Avec ce qui se passe dans le monde, une fois par an c'est pas beaucoup.

Une Madone qui pleure du sang, elle rit quoi ?

C'est une information régionale à lui tout seul tellement il sort jamais.

Une année dans l'espace, le gars est bien payé et en plus il ne dépense rien.

Il a les doigts blancs transparents bien ronds qui imitent à la perfection la couleur du verre vide mais son verre est toujours plein, il est démerdard comme une mante religieuse pour se faire payer un coup.

— J'aime pas les mecs qui picolent comme des insectes.

C'est toujours la femme qui achète les sous-vêtements pour son mari.

— Moi c'est ma mère qui les achète.

— Elle doit vous prendre les mêmes que ceux de votre père.

— Je sais pas, ils me vont.

— Vous avez la même taille que votre père.

— Ha bon, peut-être…

— Mais si ! Sinon les sous-vêtements de votre père ne vous vont pas.

— Ce sont les miens.

— Et si ça se trouve, votre fils les met.

— Ça m'étonnerait !

— Demandez à votre femme.

— Jamais mon fils mettra mes slips !

— Pas eux, mais la même taille.

— On est pas des Vikings.

— La même taille.

— Mon père, mon fils, moi, on aurait tous la même taille ?

— En slip.

— En sous-vêtements ?

— Oui, pardon, en sous-vêtements.

— Non.

— Tout le monde, à un moment donné de sa vie, passe par la même taille de slip.

— Sous-vêtements.

— Oui pardon, sous-vêtements… à un moment donné de leur vie, toutes les femmes achètent la même taille de slip.

— Alors là, excusez-moi de vous dire, mais c'est non.

— Comment vous pouvez savoir ça vous, c'est votre mère qui les achète ?

— Qu'est-ce que vous en savez ?

— C'est vous qui l'avez dit.

— J'ai dit ça ? ça m'étonnerait.

— Y a pas une minute.

— J'ai pas dit ça.

— Si.

— Non.

— La prochaine fois, j'enregistrerai avec un magnéto.

— C'est ça, enregistrez avec un zinzin.

— Je sais ce que j'entends.

— Je sais ce que je dis, en plus c'est pas mon père, c'est mon beau-père.

— Votre maman s'est remariée ?

— Avec mon beau-père.

— Elle choisit les slips de votre beau-père.

— Les sous-vêtements.

— C’est pareil.

— Non, les sous-vêtements, ça comprend le haut, le slip c’est le bas.

— Vous avez la même taille de slip que votre beau-père.

— Ça n’est pas vraiment la famille.

— Tout le monde un jour a la même taille de slip, père ou beau-père.

— Les Vikings, toute la famille buvait dans le casque.

— Oui, peut-être, je ne sais pas.

— Vous voyez que vous ne savez pas tout !

— Je dis pas ça.

— Je savais que je vous embrouillerais avec mes Vikings.

Avoir cinq ans et pisser contre un arbre, c’est ce que je demanderais au Bon Dieu.

Molière ? C’est une queue-de-cheval qu’il avait je crois.

La fille Évian, tu crois qu’elle en boit de l’eau ?

— …

— Ah non mais attends, l’héritage ça fait pas du bien si t’es pas solide nerveusement.

J'ai lu tout Balzac.
— Beuh…
— Si, les quatre bouquins je me les suis ingurgités.

Des heures à attendre le train.
— Les heures, c'est fait pour ça.

Il est rentré dans la boulangerie et on l'a jamais revu.
— Où ?
— En face du Saint-Jean.
— Évidemment, c'est une boulangerie qui fait salon de thé où il y a des alcools de tous les pays.
— Ahhhhhhhhhhhhh…
— Vous inquiétez pas, il est pas devenu boulanger votre ami.
— Moi je pensais à une porte derrière.
— C'est encore possible, les portes derrière, tout le monde en a.

J'existe pas, je suis une fumée de cigarette.
— Alors là, je vois pas le rapport.

Il avait une araignée au plafond, un taré, il s'est tiré une balle dans la bouche, résultat, il a plus de plafond.

T'as beaucoup plus de poissonneries à Paris qu'à la mer, compte, c'est pour ça qu'on a les mouettes.

Toute sa vie il a peint des fleurs.
— Vous m'en direz tant !

En mourant tu tues la maladie, t'as le cancer, tu meurs, le cancer meurt avec toi, le meilleur remède contre la maladie, c'est quand même la mort, le mieux qu'il faudrait quand tu as le cancer, c'est te laisser mourir et quand le cancer est mort, on te réveille et lui, on le laisse mort, après, il suffit de t'enlever le cancer mort et tu repars comme en quarante, c'est idiot, idiot de lutter contre la maladie, plus tu te soignes et plus elle se soigne, tu la laisses mourir sans t'en occuper, ce qu'il faut inventer c'est le moyen de ressusciter un mort, à la limite, c'est pas plus difficile que de soigner un cancer, c'est un choix de société entre donner des cachets aux cancers ou ressusciter les gens, c'est un problème d'argent, parce que ressusciter des morts, dans une société qui fait pas de bébés, je ne sais pas si c'est une bonne chose, je ne sais pas, il faudrait au moins équilibrer les chiffres, un bébé qui naît, un mort qu'on sauve, sinon, une société entière faite de morts, je comprends aussi, je le comprends, que ça n'intéresse pas un gouvernement et quelle que soit sa couleur politique, d'avoir des morts à la place des bébés, parce que déjà, la population qui vieillit, déjà c'est une inquiétude au niveau de l'économie, mais une population que de revenants, je ne sais pas si tu vois la compétitivité par rapport à des pays jeunes qui en veulent comme la Corée ou même le Japon ou l'Allemagne, qui achètera des produits ou des voitures ou des meubles ou des vins fabriqués par les gens morts qui sont revenus, on dira pas que c'est un miracle de la science, on dira que c'est anormal, parce que tout le monde veut ressusciter, mais personne ne veut acheter une voiture montée par des morts, on est cons, on ne sait pas ce qu'on veut, ou si, on sait ce qu'on veut, on veut des bonnes voitures fabriquées par des gens jeunes, oui, mais les gens jeunes, il n'y en a plus, c'est pour ça que je dis, on est là face à un problème de société, réel, un mort qui boit dans ton verre, déjà, il faut s'y faire, à ça, mais quelqu'un, qui a un cancer, j'aime pas trop qu'il boive dans mon verre non plus, je sais, et ces morts qui ne vendent pas de voitures, ça finira en chômage, comme les vivants, une société qui a cinq millions de vivants au chômage, cette société, je te le dis comme je le pense, elle ne va pas faire de vieux os, celle-là, j'insiste là-dessus, oui, alors, oui c'est ça, un cancer, tu le fais mal manger, tu le fais pas dormir, tu vas voir, si ça se trouve le cancer, il se tire, il va voir ailleurs si on mange bien, il faut le traiter comme un casse-couilles qui habite chez toi, tu lui donnes le champagne au casse-couilles qui ne veut pas décoller, mais non, un verre d'eau chaude, le cancer, à l'eau chaude, c'est une direction nouvelle pour tenter de soigner en tous les cas, la recherche médicale c'est souvent ça, on dit une connerie, et après, on vérifie…

… C'est parce qu'il est là que le temps est là, si l'homme est pas là le temps est pas là, le temps c'est l'ombre de l'homme, sans l'homme, pas d'ombre, pas de temps, mais si, enlevez l'homme de l'univers et après dites-moi l'heure qu'il est ?

L'âme humaine, tous qu'on est sur la Terre vous en avez pas un kilo.

Les épines qu'ils lui ont mises autour de la tête, c'était un coup à donner le tétanos au Christ.

Elle est enterrée dans le petit cimetière derrière l'église, elle a donné son corps à la commune, au fond…

On meurt, tout de suite les asticots sont là.

— C'est la plus proche famille.

Le néant, c'est rien, en beaucoup plus grand.

Il vend des pointes de flèches préhistoriques, cent vingt francs.

— Cent vingt francs ! Y a pas beaucoup d'hommes préhistoriques qui pouvaient se payer ça.

Ils peuvent crever les fonctionnaires !

Proust, moi je dors.

Elle s'est approchée de la cuisinière et pof, elle a brûlé dans sa robe de chambre, elle était bien tranquille à la maison et d'un coup pof, elle prend feu dans sa robe de chambre !

— Il faut se méfier des robes de chambre.

— J'ai vu une robe de chambre à la maison ; ce coup-ci, c'est fini.

— On ne se méfie pas d'une robe de chambre.

— Je vais la donner.

— Le molleton, c'est un nid à danger.

— Un fétu de paille, il paraît.

— On regarde ailleurs, et c'est trop tard, on est tué par sa robe de chambre.

Qu'est-ce que je ne vous aime pas, madame Tachau, quand vous êtes de mauvaise foi !

Les instituteurs se font sauter le crâne avec les fusils de chasse et les institutrices prennent des cachets, délicatesse oblige…

On donne des cachets pour calmer les fous, c'est la camisole chimique ; si tu en prends pour dormir, attention, c'est le pyjama chimique, attention !

Le ventriloque parle avec le ventre.
— Moi mon ventre, il a autre chose à faire.

Payer un mec pour qu'il parle avec le ventre, ben merde…

Une couille sur la tête, si le couturier invente ça, Claudia Schiffer est obligée de la mettre sur sa tête la couille, si c'est la mode… si c'est ça…

… je ne m'ennuie jamais, j'ai de la merde dans la tête, et on ne s'ennuie jamais aux cabinets…

Quand tu fais du vélo, finalement, qui c'est qui travaille ? Les jambes et le trou du cul.

… sûrement, sûrement, sûrement, c'est sûrement ça, il répare sa sonnette…

Attention ! Y a gramme…

… c'est pas des vrais grammes comme dans le commerce, puisque c'est des grammes dans le sang, dans le sang, tout est différent, tu manges du bifteck, ça passe dans le sang mais t'as pas le bifteck qui flotte dans le sang, il a changé de forme, l'alcool c'est pareil, tu as pas le pastis qui passe comme ça dans le tuyau, et le vin c'est encore meilleur comme exemple puisque c'est du rouge dans le rouge, pour le retrouver celui-là, c'est un poisson rouge dans le jus de tomate.

… et gramme.

À la visite médicale, avec mes globos, je vais l'avoir dans le cul pour mon papier… sûr.

Zéro gramme cinq d'alcool dans le sang, ça équivaut à deux verres de vin au repas.

— Deux verres de vin ? Putain, en plus si t'en renverses un, y t'en reste plus qu'un !

Quand tu es vivant, tu as envie de vivre, quand tu es mort, tu as envie de mourir, ah si !

— Bof.

— Ah si, merde, si !

— T'es bourré.

— Ah non ! Si ! Et j'ai envie de boire, alors tu vois.

— Bof.

— Merde.

— Je me tire, salut.

— … connard.

Ça va bientôt faire deux mille ans que Dieu a pas fait de gosse, ben dis donc, si y avait que lui, ça ferait pas beaucoup de bras dans les usines !

Jésus reviendrait, il aurait une bagnole.

… moi je suis toujours bien coiffée, à cause des caméras de surveillance…

C'est un arbre qui est devenu fou, place des Ternes, pas loin du théâtre de l'Empire, en bas, un marronnier avec quatre branches qui partent du tronc, trois normales qui font l'automne, elles perdent leurs feuilles, et une avec les feuilles vertes et des fleurs, c'est la première fois que je vois ça.

Certaines peuplades mangent leurs morts.

— En parlant de ça, ça fait des années que je suis pas entré dans un cimetière.

— Si t'étais dans une peuplade, eh ben, t'aurais pas mangé un mort depuis des années.

C'est pas les Pakistanais qui mangent les morts ?

— Non… on aurait vu des reportages…

En Algérie, il égorgent, en France, ils mettent des bombes.

— C'est plus moderne en France qu'en Algérie, mais ça, on le savait.

J'aimerais bien être aveugle avec un chien d'aveugle puisque avec mes yeux, je suis toute seule.

— Prenez un chien normal.

— Dans l'immeuble, on a pas le droit, il faudrait me crever les yeux, tenez…

— Mais non !

— De toute façon, ils ont déjà muré le rez-de-chaussée pour nous faire partir, bientôt on aura tous des chiens d'aveugle dans l'immeuble, y aura plus de fenêtres.

— Prenez un chat.

— Un chat d'aveugle, ça n'existe pas, ça vole sur la table pendant que l'aveugle déballe les courses.

— Un chat attaché.

— Un chat attaché, dans un immeuble sans fenêtres, eh bien dites donc, vous êtes pas Mireille Dumas pour les conseils vous !

Encore une bombe qui a pas marché.

— C'est bien du travail d'Arabe ça !

David Copperfield, magicien comme il est, il a dû en faire disparaître du pognon !

Leur bombe est pleine de clous et de boulons, et ils ont pas besoin de faire d'essais dans le Pacifique, eux, ça marche tout de suite !

— Non, justement, ça marche pas tout le temps.

— C'est vrai.

— Ça leur ferait pas de mal de faire péter des bombes dans le Pacifique, aux Arabes.

Si ça a pas pété avant huit heures, ça explosera plus, les mecs s'arrangent pour que la bombe explose avant les informations de la télé.

— C'est pratique, par un certain côté.

Il faut que les religions s'acceptent entre elles.

— D'où il sort lui ?!

Les fusées ont deux, trois étages : avec une fusée de vingt étages, t'aurais déjà du bordel dans les escaliers.

Chirac, il est buté comme quelqu'un qui boit, c'est un alcoolique.
— Nooon…
— Si, mon mari c'est pareil.

Après la mort, l'esprit se sépare du corps, mais chez les cons, ça se décolle pas bien.

Les anges sont beaucoup plus cons que Dieu.
— …
— Ah si !

Le Christ, même cloué sur la Croix, il continuait à parler.
— Fais pas chier, j'ai mal aux dents.

Picasso disait, quand y a plus de blanc, je bois du rouge.
— … ?

Il est parti faire les vendanges pour s'acheter un ordinateur.

— Il pourra plus vous reprocher de boire, au moins.

L'avantage du cybermonde, c'est que le jeune reste dans sa chambre.

L'exposition « Monet en Norvège », au musée Rodin, je l'ai vue… non… pour moi, non… Monet s'est perdu dans la neige… non… là, pour moi… Monet s'est perdu…

Cézanne, il paraît qu'on lui jetait des cailloux.

— Pas moi, en tous les cas.

— … ?

Tu prends la rue du bistrot où on va tout le temps, après tu continues, tu passes devant le bistrot où on va jamais… mais si…

— L'autre con ?

— C'est ça… tu tournes à l'angle, là où on va des fois… le bistrot tenu par des bonnes femmes…

— Chez Janine ?

— C'est ça…

— Moi j'y vais plus, à chaque fois que j'y vais, je retourne plus au boulot.

— C'est ça… tu tournes là, et dans le milieu de la rue qui descend, t'as un nouveau bistrot où je suis tout le temps.

— Je trouverai.
— T'as compris ?
— Je trouverai, t'as bien expliqué aussi…

C'est par rapport aux cuisines qu'on se rend compte de la taille des animaux, soit on les fait rentrer, soit on les fait pas rentrer.

Marcher sous la pluie, ça rince la tête.

Il n'y en a pas beaucoup qui arrivent à la cheville de Jean Lefebvre.

… de toute façon, la lumière électrique ira toujours plus vite que la lumière du soleil, on le voit bien…

Moins je travaille et plus je suis fatigué, je suis aimanté, je ramasse toute la fatigue qui traîne…

Quand on voit la taille des palmiers, on se demande si les essais nucléaires réchauffent pas l'eau…

Je préfère être vivant et en bonne santé que mort et malade.
— Tout le monde.

Le rire, c'est pas naturel, on fait des grimaces et faire des grimaces n'est pas naturel, à part les singes mais eux c'est des cons.

Neuf ans de prison, à quinze ans, ça fait qu'elle sortira à vingt-quatre ans.

— La gamine qu'elle a tuée, elle sortira jamais, elle.

— Vous êtes pas croyante ?

— Si.

— Alors ne dites pas qu'elle ne sortira jamais.

— Vous mélangez tout.

— Faites attention où vous versez.

— Houp là !

— Sauvée.

— Et votre genou ?

— J'ai arrêté les piqûres, j'en avais marre, alors là, marre.

— Un mois de piqûres, je comprends que ça soit interminable.

Quand tu tues trop jeune, ça ne te marque pas et quand tu vieillis ça devient un bon souvenir comme le service militaire.

… elle s'est enfermée dans les cabinets comme Camille Claudel.

Je picole, mais c'est ludique.

Pendant le service militaire on apprend à balayer la cour, comme ça quand les Allemands arrivent, on est prêts.

Combien d'opposants au régime sont enterrés secrètement dans les caves de l'Élysée ? Combien ?

C'est bien, les vieux dictionnaires où les gens sont pas encore morts.

Balzac, j'en prends, j'en laisse.

Il écrit bien, il écrit comme Proust.
— Ah oui, c'est ça, j'ai essayé son livre, ça n'est pas intéressant du tout.

Le juste milieu, c'est dur.

On est à Paris ici ?
— Vous arrivez d'où ?
— Dijon.
— Bien sûr qu'on est à Paris.

— Comme j'ai pas vu de panneau.

— Vous arrivez du train ? C'est marqué sur le train, Dijon-Paris.

— Pas vu.

— Et sur les quais ?

— Pas vu.

— Vous êtes perdu on dirait.

— On est à Paris ?

— Gare de Lyon.

— Je vais en Bretagne.

— C'est la gare Montparnasse.

— C'est ici ?

— Non, ici, c'est la gare de Lyon.

— L'autre gare c'est à Paris ?

— Un conseil : rentrez à Dijon.

J'aime pas qu'elle dorme dans la voiture, elle dort pas le soir, mais dès qu'on roule dans la voiture, au bout de deux minutes elle dort, je sais pas ce qui m'a pris, je lui ai mis une fessée, j'en avais mal à la main, eh bien, c'était fini, elle dormait plus dans la voiture, maintenant elle conduit, elle est grande, elle ne supporte pas quelqu'un qui dort dans sa voiture, ça a peut-être à voir, je ne sais pas, en tous les cas c'est comme ça.

À l'automne, il perd ses feuilles, au printemps, il fait des nouvelles feuilles, il est exotique comme un mec des impôts ton arbre !

La mort clinique, tu meurs mais c'est plus cher qu'à l'hôpital.

Les graines poussent dans la terre, mais il faudra bien qu'un jour elles poussent ailleurs, forcé obligé, question place, ça sera elles ou nous, des milliers d'hectares de blé et pas de studio pour loger les étudiants, ça n'est pas normal, il faudra choisir, de la place dans le métro ou de la place dans les champs, c'est forcé obligé…

Je me demandais ce qu'elle fait dans le jardin cette chaise, et ce midi j'ai vu un monsieur assis dessus, on en voit des choses quand on est taxi.

Tous ceux qui ont un cancer et qui meurent d'un accident de la route alors qu'ils ont bu devraient être enlevés des statistiques de la route et remis dans le cancer, sinon, les chiffres ne veulent rien dire.

— D'autant qu'ils ont peut-être bu parce qu'ils sont malades et après ils ont pris la voiture pour aller aux examens.

— Oui, la route a bon dos, c'est l'hôpital le responsable... évidemment, alors là oui bien sûr, ça arrange la Sécu pour ses chiffres de nous mettre des accidentés sur notre dos !

C'est quand le beaujolais ?
— Le nouveau ou le normal ?

Ma femme n'a pas vieilli, elle a la même haleine que quand on s'est rencontrés.

Dans le beaujolais nouveau, ils mettent de moins en moins de beaujolais et de plus en plus de nouveau.

Bonne cuite.
— À vous aussi.

Je ne connais personne qui prend des antibiotiques le jour du beaujolais nouveau, et ça, c'est bien pour la Sécurité sociale.

Le phénomène inverse se produit.
— Quand on pisse, on boit pas ?
— Dans le désert, il faut pisser pour ne pas boire.
— Quand on boit on pisse.
— C'est le phénomène de départ.
— Et l'inverse ?

— On pisse, on ne boit pas.
— Dans le désert, personne ne boit.
— Ils pissent.
— Les chameaux pissent beaucoup sans boire.
— Ils ont des bosses à la bite.
— Je parle sérieusement.
— Pardon, je rigole, c'est le beaujolais.
— Moi aussi je bois du beaujolais, et je ne ris pas.
— Je ris pas.
— Bon.
— Oh hé ! puis va chier avec tes Bédouins qui pissent toi !

Tu bois pas du beaujolais ?
— J'aime pas qu'on me force.
— Qui ?
— La société du merchandising.

Les lendemains de bonne cuite, quand t'as la grosse gueule de bois, t'as envie de partir loin, loin, loin ! Ils devraient embaucher des alcooliques pour leur conquête spatiale.

Je suis comme saint Thomas, je bois ce que je paye.

Le Goncourt, c'est pas moi qui lirais une merde pareille !

Le cinéma français, ça fait rêver à peu près comme la Sécurité sociale.

Sonia Rykiel, c'est le genre de connasse qui serait tout le temps au cul de Jésus pour l'habiller.

On vend tout ce qu'il y a au Louvre et la pauvreté en France disparaît.

— Tu parles, ça fait longtemps que c'est vendu : au Louvre, c'est que des faux.

Ça va mieux, la dernière fois t'avais les béquilles.

— Ça va, je marche, mais je fais attention, quand je suis bourré je prends la voiture.

Si tous les pauvres mettent leur argent en commun, ça fera un énorme riche avec des millions de pieds.

Pour un jeune de maintenant, le bonheur c'est plus que ça, gagner au Loto et pas avoir le sida.

— C'est déjà pas mal.

J'ai la chiasse.
— Téléphone à Mireille Dumas, elle adore ça.

Ils ont montré l'enterrement de Zitrone à la télé mais comme avant ils avaient montré l'enterrement de Rabin, j'en avais déjà marre avant que ça commence.

Le cinéma espagnol, c'est facile à reconnaître, les actrices ont des pifs longs comme ça.

J'ai été scout, légionnaire, j'ai tout fait.

Un chat dans les bras de quelqu'un est plus intelligent qu'un chat posé par terre, grâce à la transmission.

Les étudiants, on s'en fout, ça ne sert à rien.

Le riche d'aujourd'hui ne donne plus tellement envie d'être riche.

Moitié moins de vente dans les grands magasins à cause des grèves et personne ne manque de rien.
— C'est les nouveaux mystères de Paris.

Tapie, en prison, il va se branler, tout le monde se branle en prison.
— Pas Tapie, il se paiera quelqu'un.

— Le temps passe vite.
— Moi je trouve pas.
— Évidemment, le café est à vous.

Une couille de pape, c'est collector.

L'Ambre Solaire, ça fait vachement secte comme crème ?

Ils ont acheté leur vignette y a un mois et ils se suicident maintenant ces cons du Temple solaire !

… C'est ça, mais oui c'est ça.

Les sectes, les sectes, on est tous des sectes, d'abord chacun est sa secte à lui puisque tu crois tout ce que tu penses, t'arrives à te convaincre des conneries que tu dis des fois, et pour te faire lâcher le morceau, personne peut y arriver, mordicus tu penses quelque chose que personne te fera changer d'avis, c'est la secte que chacun garde dans sa tête qui est la patronne, moi le monde je le vois à travers ma tête et alors je te dis que ma secte dirige le monde, et si ça va pas comme je veux, pareil, je me suicide, dans les bois et on fait une enquête alors on découvre des documents, des photos de moi avec une couronne, sur la tête et un cahier avec ce que je pense ou des recettes de cuisine pas normales, et voilà, d'un coup, je suis la secte du Retraité solaire puisque je suis à la retraite.

… C'est ça c'est tout.

Mitterrand est mort.
— Mort ?
— Mort.
— Mort… mais mort… complètement ?

Il est mort dans son bureau.
— Eh ben, c'est pas à moi que ça arrivera !

Une fois de plus, l'homme meurt avant sa femme…

Il en aura fait vendre des roses, celui-là…

Il était très très très malade.
— Il est mieux mort finalement.
— Il est plus en forme maintenant, finalement.
— Mais oui, finalement.

Il était un petit peu nazi au début.

— Oui mais pendant la guerre tout le monde était comme ça, et ça ne faisait pas des drames.

Il est mort dans son bureau.

— Gainsbourg aussi.

— Nés la même année je crois, et morts le même siècle.

— Mitterrand, il en aura pas beaucoup profité de sa retraite.

— Il en a profité avant, va…

C'est bien de vivre centenaire, c'est bien pour le vieux qui vit mais la retraite des vieux, qui c'est qui la paye, c'est les jeunes, la retraite des vieux c'est pas fait pour ça ! Combien ça t'en fait des jeunes qui travaillent pour faire vivre des vieilles dames comme ça ? Hein ? Y a des limites aussi ! Cent ! Cent dix ! Cent vingt ! Ça représente combien de jeunes morts des vieux pareils ! Pour chacun qui meurt normalement t'as un qui vit, combien t'en as des jeunes qui vivent pas à cause d'un vieux qui reste plus d'un siècle et plus ? Combien ? On ne sait pas ! On sait pour le vieux qui reste tout ce temps mais les jeunes on ne sait pas et on ne saura jamais si ça se trouve et c'est tant mieux, autant garder ça secret, t'as la révolution sinon ! Au bout d'un moment, c'est aux gens du

Livre des Records de payer ces vieux-là si ça les amuse, ou à la télé, ils arrêtent pas de faire des émissions, ou ils ont qu'à faire des publicités pour des produits, je sais pas moi, de longévité, déjà et d'une ils seraient plus riches, ou les confitures des grands-mères, et de deux, ils seraient utiles et de trois, ils seraient centenaires pour quelque chose, alors que là, ils ne servent que pour des expériences médicales à la limite de l'honnête, et résultat, on les fait prendre des cachets matin midi et soir, pour voir, pour voir quoi d'abord, si c'est possible que tout le monde soit encore là à cent cinquante ans, alors là, ça va être beau la France, ça va être un cimetière assis qui ne peut plus se lever et qui s'endort et qui se réveille tous les matins, tous les matins, tous les matins, la vie c'est bien monsieur, mais il ne faut pas en abuser non plus !

Et ses canards ?

On peut travailler avec un cancer, à condition d'avoir un travail.

J'étais pas de son avis mais un mort, je le respecte, un mort, ça se respecte, plus qu'un vivant, même…

… ah oui.

Deux fois sept ans à l'Élysée, vous imaginez comme c'est long, presque sans sortir…

On devient immortel quand on meurt, c'est le seul avantage, sinon…

À la télé, ça parle que de sa maladie.
— Moi quand je suis malade c'est pareil.

C'est pas le moment de mourir, parce qu'avec Mitterrand qui vient de mourir, ça risque de passer inaperçu.
— Oh vous savez… même…

Le deuil national englobe-t-il les territoires d'outre-mer ?
— Les englobe-t-il ?
— Oui, les englobe-t-il ?

De Gaulle prenait pas l'hélicoptère pour aller bouffer chez Loiseau !

On a eu deux grands hommes dans le siècle, de Gaulle et Mitterrand.
— …

— C'est presque un de trop.

Il était humain, il mangeait du couscous.

Il est mort, du coup, tout le monde l'aime, Coluche c'était pareil.

Son cancer ne regarde personne, ils n'avaient qu'à annoncer une mort de vieillesse, après tout, il était vieux, il méritait bien une mort de vieillesse que plutôt un cancer, ça ne change rien pour nous, il est mort, il est mort, mais toutes ces histoires sur sa maladie, franchement, pourquoi ils disent tout ce qu'on entend, ça ne nous regarde pas, non non et non, c'est le secret médical au fond, de toute façon, pour moi, il est mort d'un cancer de vieillesse, alors ils peuvent dire ce qu'ils veulent, j'ai les oreilles bouchées.

Il a eu raison de se servir, finalement…

Irremplaçable !
— Déjà remplacé.

… le général de Gaulle, il a fui en Angleterre, c'est pas mieux !

La Grande Bibliothèque, l'Arche de la Défense, la pyramide du Louvre, l'Opéra-Bastille, c'est des grands travaux, mais son plus grand travaux, c'est l'abolition de la peine de mort !

— On voit qu'on vous a pas assassiné…

— Même !

Quatorze années, c'est énorme, quatorze années au pouvoir, presque un demi-siècle.

Un jour, t'es président de la République, le lendemain, t'es rien.

— Rien ? T'as vu les fleurs !

Le poisson frais, c'est pareil.

Chirac, six mois, on voit déjà l'os.

Tout Mitterrand qu'il est, on l'a pas enterré dans l'eau chaude !

On ne peut pas comparer les deux femmes, la mère de Gaulle, elle s'est quand même tapé de Gaulle !

Incinéré, et les cendres, dispersées sur l'Auvergne.

— Il est né dans les Charentes.

— L'Auvergne, c'est beaucoup plus beau l'Auvergne, c'est chez moi.

… ils lui ont mis Arlette Chabot pour le commentaire.

Chirac, ça va pas lui faire du bien la mort de Mitterrand.

— … c'est pas comme ça qu'il va remonter dans les sondages.

Quand on m'a dit sa mort, quand même, ça m'a fait drôle, j'ai eu la tête toute vide.

— Vous feriez pas un bon gagnant au Loto vous.

Des présidents, bons ou mauvais, on en aura toujours trop.

— Et vous voulez quoi à la place, vous qui êtes si malin, vous je vous connais !

— Des présidentes.

Il nous laisse un immense vide.

— Y a pas de quoi se vanter, il aurait mieux fait de nous laisser un immense plein.

Ils louent vingt mille francs les fenêtres au-dessus du cimetière pour que les photographes fassent des photos, vous vous rendez compte, après quatorze années de socialisme, les fenêtres gagnent plus que les vitriers…

… l'histoire, faut bien que ça s'arrête un jour…

C'est un grand de l'histoire de France, et d'ailleurs, il est au musée Grévin.

Il a tout prévu pour sa mort, l'enterrement, le chemin des voitures, la messe, les cérémonies, les chefs d'État qui sont invités, le rendez-vous à Notre-Dame, les télés, les musiques, jusqu'à la fin il aura dépensé de l'argent.

C'est le vieux renvoyé de Canal + qui s'occupe du testament.

— … ?

— Celui qui a le journal qui s'arrête.

— Vous êtes sûr ?

— Certain.

— … ?

— … Jean-Pierre Coffe ?

— Mais non, l'autre.

C'est une personne qui a marqué la France.

— Dans quinze jours, ça sera fini, c'est toujours comme ça avec les médias.

Une minute de silence ne dure jamais la minute, quand tu dis, allez-y et stop, ça t'a mangé la minute à la tête et à la queue, déjà…

Enterré en province.

— De toute façon, à Paris, il n'y a plus de place.

La France est la quatrième puissance mondiale.

— Oui, mais sur combien de pays, c'est ça qui est important, si c'est sur cinq ou six de pays, ça ou rien c'est pareil, on a que six chaînes de télé par exemple…

… Tant que t'es pas au cimetière, t'as encore une chance au cas où la science tout d'un coup elle découvre, mais après…

Il faut toujours avoir une famille et un caveau familial, sinon dans le meilleur des cas vous finissez avec des voisins.

C'est sa première nuit, ce matin il était encore chez lui, rue je sais plus quoi…

— …

— C'est au cimetière qu'on est vraiment mort.

— …

— …

— …

— …

— Rue Leblay !

— Leblay, c’est ça, rue Leblay.

On est peu de chose… et nous, encore plus.

… pour la mort de Pompidou, j’avais débranché les flippers.

Il a souffert, souffert, souffert, souffert

— Ho ! Je mange mon croque, moi.

— … à la fin, il parlait avec les deux yeux.

Une fille naturelle, c’est bien, ça fait écologiste…

Il aimait beaucoup Dalida, elle était au Panthéon, juste derrière lui.

— Pour moi, Dalida était devant.

Jarnac, ça va être aussi célèbre que Cajarc maintenant.

Il a fait du positif, il a fait du négatif, c’est un peu le bilan, je dirais…

En Inde, ils les font brûler sur un bûcher, toute la famille est d’accord.

J'avais froid, froid, j'ai mangé la soupe devant la télé à regarder l'enterrement.

En Occident, on ne sait pas mourir, on a peur de la mort, en Afrique, ils déterrent les morts pour danser avec, c'est une fête.

— En Afrique, tous les prétextes sont bons pour pas bosser.

De Gaulle numéro un, après Mitterrand numéro deux, pour mon goût je parle.

C'est pas du tout un reproche que je lui fais mais pourquoi les Landes ?

Dix heures cinquante, c'est onze heures moins dix, alors pourquoi on ne dit pas onze heures moins dix ? Si c'est histoire de rajouter des cinquante dans les heures pour faire américain, c'est raté.

Je lis pas des livres que les autres écrivent, je suis pas inspecteur des travaux finis non plus…

Ils écoutent et ils peignent en même temps sinon ils ne peignent rien les grands peintres qui travaillent chez eux pendant que la femme leur parle…

La France marche pas, alors pourquoi l'Europe ça marcherait ?

J'avale la fumée que d'un côté, j'ai un poumon non-fumeur.

Qu'on nous laisse mourir de ce qu'on veut si on a choisi ! Pourquoi ils veulent pas qu'on fume ? J'aime un ami qui est mort de la sclérose et pourtant il fumait pas des plaques !

On a ri quand mon frère a fait tomber le couscous.

— Vous êtes pas comme nous vous les Arabes.

Le matin, je m'emmerde…

— Heureusement qu'il y a le soir.

La philosophie, j'en fais pour le plaisir mais j'en ferais pas mon métier.

— C'est payé mes couilles en plus.

Je sais pas ce qu'il fait comme travail mais quand il parle, on comprend rien.

— C'est un gentleman détective, c'est ça que j'aime chez lui.

— Il est de quand ?
— Il est de ma génération, on a le même âge.

Les animaux sauvages ne se cachent pas pour leur sexualité mais n'empêche qu'ils arrêtent de s'enculer s'ils sentent l'homme.

Brassens, c'était autre chose !

Les vieux ont des grandes poches.

… depuis les frères Lumière, ça piétine.

Courteline et Labiche, tu parles, là-dedans, c'est que du baratin…

Qu'est-ce qu'elle est belle cette femme !
— Qui ?
— Tu veux un œil toi connard de merde ! Elle ! Là !
— Chut.
— Pauvre merde !
— Chut.
— Elle est belle !
— Chut !
— Elle est belle !
— Chut !
— Enculé !

— Chut !
— …
— Mais non madame, restez.
— Salope !

Les nudistes, faut les voir comme ils te regardent quand t'es avec un slip, c'est comme si t'es le Masque de fer.

Les plus beaux tatouages, c'est les vitraux de Notre-Dame.

J'aime pas me voir en photo, on dirait un connard qui est content.

Quand on voit les livres des écrivains, franchement, tout le monde pourrait être écrivain, blabli blabli blabli…

L'hindouisme se cherche encore.

C'est la même mémoire qui sert pour les numéros de téléphone et les camps de concentration.

Les États-Unis ont pas de passé alors que nous UN fromage, il a toute une histoire.

On a des charniers à la sortie de tous les petits villages de France, tu trouves ça beau toi ?
— Des cimetières.
— Des charniers ! La différence c'est quoi ?
— La petite photo sur la tombe.

Philippe Noiret, il a dix millions de chaussures.
— On le saura qu'il a des pieds ce mec.

Je suis écartelé entre mes deux cultures si vous voulez.
— En France, on a pas ça, on a d'autres problèmes un peu plus costauds figurez-vous mais pas ça.

Paulette, ça replaira un jour, c'est cyclique.

Les indigènes, ce qu'ils aiment, c'est les casquettes.

L'égalité entre les hommes, faudrait déjà qu'on nous demande notre avis avant !

Le monde est fou !
— Pas à Dijon ! Viens à Dijon.

Pourquoi les pédés vivent chez leur mère, logiquement, ils devraient vivre chez leur père.

Elle a jeté son bébé par la fenêtre de la maternité.

— Il est mort ?

— Il est vivant.

— Et pourquoi elle l'a jeté ?

— Parce que, elle était sur le balcon en robe de chambre.

Trois paires de lunettes pour deux cents francs ! Des lunettes de vue pour n'importe quelle vue je m'en fous, c'est des occasions, avec ça sur le nez c'est bien pour chercher du boulot, pour l'employeur ça fait pas le branleur qui s'intéresse à rien, ça fait le gars qui regarde, ils aiment ça les employeurs.

Est-ce qu'il en dessine encore le vôtre des cristaux de neige à l'école ?

Les enfants sont plus vieux qu'avant…

Visite médicale ! Connards ! Une maladie ça se visite pas !

Tu fous le pape dans les bois pendant un mois et s'il bouge pas trop, en dessous la robe on devrait trouver des cèpes.

Quelqu'un qui est mort et qui ressuscite, c'est normal, mais quelqu'un qui n'a jamais existé et qui ressuscite, alors là, je sais plus.

Le dernier des cons, quand il rêve de cul il rêve d'une porte qui s'ouvre et toi, non ?

— Quand je rêve de cul, je rêve de cul.

— Un psychanalyste comprendrait rien à tes rêves.

Les droits de l'homme, tu parles d'une connerie, on est même pas capable de prendre un nègre en stop !

Dis donc, t'es virtuel au boulot toi en ce moment !

Derrière le Loto, t'as pas un miracle de l'Église qui tient le coup.

Y a un moment dans la vie où il faut ranger les verres.

Je ne dis pas merci à Freud et à sa masturbation !

Jésus, avec ses petits cheveux bouclés dans le cou, il fait fils de Dieu comme moi je fais fils de… de… de Marie, tiens.

Brahms, sans parler de sa musique pour pas faire chier, il buvait du vin blanc.

Moitié du caddie bière, moitié du caddie couches pour bébé.

— Ça a toujours bien marché ensemble l'alcool et les gosses.

Tuer un prêtre, je ne suis pas croyant, mais là, y a de l'abus.

— L'Arabe a toujours été barbare, c'est sa culture qui veut ça, depuis la naissance on lui inculque la barbarie, que voulez-vous, un jour, ça ressort et tout le monde fait l'étonné !

Ils avaient mis des cierges à brûler pour les prêtres et comme ils sont morts, ils les ont éteints hier.

— C'est pas la peine que ça brûle pour rien non plus…

… en vingt ans de conduite, j'ai eu quatre-vingt-dix accidents avec la même voiture, vous m'en ferez plus changer, je suis trop habitué à celle-là…

En tuant des moines les Arabes vont au paradis et les curés en se faisant égorger ils montent au paradis aussi, alors franchement je vois pas le problème… c'est des histoires entre eux… entre croyants… ça nous regarde pas… nous on pique une voiture et on va en taule… alors… les tribunes de Roland-Garros, je te foutrais ça au boulot, moi !

Des cons devant, des cons derrière, des cons partout, quarante-cinq kilomètres de bouchon !

— Au moins, c'est des vrais croyants ces gens-là, ils égorgent des prêtres alors que nous, on ne se lève même plus pour aller à la messe.

— L'Arabe est plus croyant que le Blanc, et ça continue, on le voit bien…

— On va aider les Noirs à Bangui mais est-ce que les Noirs viendront nous aider si on est en guerre ?! Excusez, mais j'ai pas vu beaucoup de Noirs dans les films sur la Résistance.

— Gabin ou Signoret ou l'autre avec le chapeau…

— Quarante-cinq kilomètres de bouchon ! Remarquez, à côté de ce qui nous attend avec les Arabes, c'est rien.

J'aurais voulu être routier, pour manger le midi dans les routiers avec les autres routiers.

Céline, on lui a fait beaucoup de mauvais procès.

… le repos éternel, si on vous réveille toutes les deux minutes…

Une fois j'ai pété dans une église, c'est le maximum qu'on faisait.
— Et pour ça, la baffe !
— Ah certainement oui ! Plutôt deux fois qu'une !

Encore une profanation de tombe !
— C'est la télé, ça leur donne des idées comme ça…
— La télé ?! Elle a bon dos la télé ! Quand vous voyez « Thalassa », y a pas tout ça !

Qui c'est qui repaye le cercueil ?
— La famille.
— La famille du profané ?
— La famille du profané.
— Eh ben…

Plus rien n'est sacré maintenant, et même ce que je dis, ça veut plus rien dire.

Ceux de Carpentras, on les a jamais retrouvés.
— C'est des fils de ministres, évidemment !

Pour déterrer des cadavres, ils sont là, mais pour rempoter un lilas, plus personne !

… incinéré, on devient du marc de café.

Ils profanent les tombes juives.
— Oui mais bon, la nuit, on va pas éclairer les nôtres pour pas qu'ils se trompent tout de même !

Maintenant faut mettre une culotte propre pour se faire enterrer des fois que des jeunes vous déterrent !

Ils veulent quoi ?
— Ils veulent se marier, les jeunes.
— Mais avec qui ?

Avec ma retraite j'ai même pas de quoi m'en payer de la viande folle, alors si ils la jettent, moi je la prends.

… Une fois, un chat qui faisait caca sur la tombe d'Henri…

… c'est pour ça, moi, comme je vais être incinérée, on risque pas de me profaner en me sortant du cercueil…

… elle est morte hier… on l'enterre demain… aujourd'hui, je vais chercher le costume…

Jésus, toujours à l'heure.

À part Mozart, des Juifs géniaux, cite-m'en un autre ?

Les idiots des villages, maintenant ils sont dans les villes.

Si la vie existe sur Mars, y a pas de raison qu'elle existe pas ailleurs.
— Ici.

C'est pas de la vie sur Mars, c'est des bactéries.
— C'est vivant une bactérie !
— Pas chez moi, je passe tout à la Javel.

… des microbes martiens maintenant !

L'homme est tout seul dans l'univers.
— On sait pas.
— D'autres vies, ça servirait à quoi ? Hein ? Déjà toi ici, tu t'engueules avec tout le monde.
— Et alors ?! Je t'emmerde !

Monet, il avait du sable dans les yeux ce peintre…

J'ai pas besoin d'un éthylotest dans la voiture, je sais très bien quand je rentre bourré, je suis pas débile.

Avec un monde comme le nôtre, si y en a un autre qui est parallèle, il sera de travers de toute façon !

En Belgique, y a plus de charbon dans la terre, maintenant c'est des enfants.

Pour rechercher les cadavres normaux, on utilise des chiens, mais pour les cadavres d'enfants, c'est des chats.
— C'est horrible !
— Oui, mais c'est comme ça, le chat a des petites griffes pour chercher les petits os.
— C'est horrible !

— C'est comme ça.

Même réincarné dix fois, je penserai pareil.

Ils m'engueulent parce que je suis à découvert, je les emmerde, et le secret bancaire ! je lui ai dit au mec du guichet !

Les banques sont pleines de l'or des nazis, ils ont qu'à le distribuer à ceux qui sont chômeurs, tu vas voir qu'ils vont le donner aux Juifs une fois de plus !

… ce qui manque à Le Pen, c'est des intellectuels comme Céline.

En France, on a toujours eu des intellectuels à moitié tarés du style Malraux…

Malraux, c'est un bouffon.

N'empêche que déterrer Malraux ça aura coûté bonbon.

Malraux, c'est un peu mon époque, il a l'âge de mon père.

… c'est Lucky Luke, avec sa cigarette.

Je ne suis pas du genre fourmi, je n'aime pas le sucre.

La mort la plus idiote, c'est de mourir en allant en Angleterre.

Jeudi, c'est le beaujolais nouveau qui arrive et samedi c'est Malraux au Panthéon, c'est la semaine de la tremblote.

… des cendres, après vingt ans, c'est plus bon.

Malraux, y a pas une vidéo ?

… c'est là qu'on met tous les grands hommes ensemble, du coup ça en fait pas des masses si tu comptes.

… et que je t'enterre ! et que je te déterre !

… cette histoire de déplacer les cendres, comme si on avait besoin de ça en ce moment !

Malraux, c'est qu'un baratineur.

Encore une soirée sida ?… ça arrête pas !

… la batterie, ça fait peur aux gens.

On peut pas faire la vaisselle en l'écoutant, il faut rentrer dedans, c'est ça qui est fantastique avec la musique concrète.

Toute la matinée je me suis engueulée avec un moineau, j'ai encore le cœur qui bat…

Jésus s'est posé sur d'autres planètes et que avec ses sandales !

Fais-toi enterrer avec ton portable, les gens qui savent pas que t'es mort, ça sonnera dans ton cercueil.

Vous êtes mort et tout est dépeuplé, proverbe de moi !

On meurt quand on nous le dit ! Maintenant on meurt plus vieux ! c'est même marqué dans le journal !

Quand c'est Van Gogh sur la boîte, souvent c'est du grand chocolat.

Vu le prix des tableaux du Louvre, des milliards ! c'est culotté de nous faire payer l'entrée.

Céline, on reconnaît bien le style en tous les cas.

J'ai lu les lettres de Flaubert, mille fois mieux que ses romans.

Si monsieur Picasso n'aime pas les femmes, qu'il n'en dégoûte pas les autres !

Tous les personnages de Fernand Léger ont une moustache.

— Mais Léger avait une moustache, vous savez, c'est pas tombé du ciel.

La vision cubiste, c'est la vision des animaux.

Noël et Claudine, ça leur plairait Francis Bacon.

Pour crucifier Bouddha, faut déjà le soulever…

Juliette Binoche, elle fait plus Binoche que Juliette.

Il ne faut pas avoir peur d'être con.
— On n'a qu'une vie.

Une expérience scientifique connue c'est l'accouchement…
— Ma femme elle en veut plus.
— Elle est pas tellement scientifique ta femme.

… Grosso modo c'est l'éternel paradoxe.

J'aime bien parler avec les petites gens.
— Vous tombez mal, aujourd'hui j'ai que des présidents de la République.

Ma mère, elle avait horreur des deuils, c'est une perte de temps.
— On fait ça pour les enfants.

Il prend son bain avec ses enfants.
— C'est comme ça que ça commence, en jouant avec les bulles.

Des curés qui couchent avec les mômes ! Mais pourquoi on leur enlève pas la bite à ceux-là puisque de toute façon ils ont juré qu'ils en voulaient pas de leur bite alors pourquoi on leur retire pas la bite aux curés et ceux qui veulent la garder au fond c'est eux qui sont des dangers publics sinon qu'est-ce que ça peut leur faire une bite ?

— … Faut être logique aussi.

— Le curé qui garde sa bite c'est qu'il a une idée derrière la tête !

— Chut !

— … Faut être logique aussi.

Des cassettes pornographiques avec des enfants c'est huit cents francs et quand vous voyez la paye des instituteurs… oui… vous avez compris mon regard…

Le fœtus, c'est une sorte de grumeau des gènes.

J'ai pas envie d'être le plus riche du cimetière !

Mourir dans la pleine force de l'âge, dans ce cas-là t'étais pas tellement fort et en plus quel âge, pauvre con ?

Le chat enterre sa crotte, pas le chien qui a pas assez de mémoire.

Trente-neuf pastis payés trente-cinq ! c'est ça qui va relancer la consommation.

Trente-cinq heures payées trente-neuf, c'est bien, de toute façon moi je pars toujours un peu avant…

Le temps partiel, quand tu sais que tu vis maximum quatre-vingts ans, c'en est déjà.

… Je vais te manager la gueule toi !

Si le cochon est mal tué il reste de la peur dans la saucisse.

Les plus salopes c'est les geishas, à ce qu'il paraît.

Nous les communistes on a plus le couteau entre les dents, tout ce qu'on veut c'est être près de l'homme… de l'être humain je veux dire.

La vie c'est une très bonne école sauf que tu quittes l'école, t'es mort.

Quand je suis passé, je l'ai vu qui fumait en cachette dans la cour avec le chien.
— Il fume, le chien ?

Napoléon, il a fini comme un con dans sa cuisine.

Tes parents te mettent au monde, c'est à eux de payer quand t'es chômeur.

À force on est cubistes avec nos glaçons.

Il est de quel signe le pape ?

Le premier chômeur, c'était Jésus.

Tu te balades après la messe, t'imagines tu trouves le carnet de chèques du pape ?!

Ils ont tous des gros culs en short avec des grosses cuisses et des gros genoux et ils chantent dans la rue, tu les reconnais tout de suite les grosses merdes de gros cons de catholiques !

— Respectez les croyances, monsieur.

— J'aimerais bien être un homme préhistorique pour péter la gueule à tous ceux qui me font chier.

— Jésus était là avant.

— Avant l'atome ? Charlot que t'es ! Paye un coup déjà toi.

— Chacun est libre, monsieur.

— Continue pas, je te déboîte.

— Vous êtes d'une intolérance rare !

— Rare ? Moi ? Viens à la maison tu verras.

Vous avez entendu les informations ?! Diana a été tuée !

— Diana ?

— Lady Di !

— À Paris ?

— Trente-six ans ! avec deux enfants, elle est morte à quatre heures du matin.

— Moi à quatre heures je dormais.

… Elle serait restée à la maison avec les gosses, ça serait pas arrivé.

C'est des photographes qui poursuivaient la Mercedes à cent soixante sous le pont de l'Alma !

— C'est limité à combien là-dessous ?

C'est de la faute des gens qui achètent les journaux.

— Je regarde que les merdes de la télé alors j'y suis pour rien.

Paraît-il que les spectateurs ont cassé la gueule à un photographe ?

— C'est pas assez ! il faut le coucher par terre et rouler dessus avec la voiture !

Les journalistes… ils font plus de mal que de bien.

C'est Blanche Neige tuée par les sept nains.

C'est des photos qui valent des milliards !

— Moi je risque pas d'avoir un accident sous le pont de l'Alma, je fais des photomatons au Prisunic.

Ils ont dit dans le journal qu'elle avait de la cellulite.

— En Angleterre peut-être, mais pas en France.

… C'est pas de la bonne pub pour Mercedes ce coup-là.

Il y est pas allé mollo le chauffeur pour plier une Mercedes 600 !

— Et en plus avec un milliardaire dedans.

Au Ritz c'est le merdier, on sait pas qui commande.

Quand t'es mort, c'est même pas la peine de faire de la rééducation pour revenir.

Les journaux maintenant, c'est des poubelles !

Elle est morte en Angleterre et ils ont refait l'accident en France pour faire porter le chapeau aux Français ! les Anglais nous aiment pas… Ils ont transporté le corps pendant la nuit… C'est facile pour eux, c'est les meilleurs services secrets du monde ! C'est la France qui va payer l'enterrement et ça va coûter bonbon avec les tirs des canons à la télé !

Un chauffeur professionnel qui sait pas conduire bourré, franchement.

… Pour le prix de la chambre, le Ritz te refait le nez.

Un gramme sept d'alcool dans le sang, c'est pas beaucoup pour un gars de Lorient !

À la place des stars ils ont qu'à mettre des sosies, si ils meurent c'est pas grave, les sosies ont pas une vie à eux.

— … Ou mettre des gens avec des perruques.

— … Des cascadeurs…

Mère Teresa, c'était une sainte en Inde mais les vaches aussi.

Un café avec une larme de lait… pas des pleurs…
— Un café triste, un !

Jésus est né le 3 avril, c'était dans le journal.
— Bélier.

Si je ressuscite, je me tire aussi, je fais comme Jésus.

J'ai déjà tout réglé pour mon enterrement comme ça si je meurs, c'est moi qui m'enterre.

Van Gogh aurait moins picolé, il serait peut-être encore vivant.

Vu le nombre de morts par rapport au nombre de vivants, c'est à eux de nous offrir les fleurs.

Les fleurs sur la tombe de votre femme, c'est joli mais c'est trop tard.

Je me pose pas de questions, les points d'interrogation je m'en sers pour la pêche.

Je vais au cimetière mettre du produit contre les limaces.

— Mettez-en pas trop, ça tue les morts.

Les curés ont fait construire des églises partout sinon on aurait quoi dans les petits villages… des panneaux de basket ?

Des momies égyptiennes, on en a plein les catacombes.

Heureusement qu'ils ont des antiquités les Égyptiens ! c'est pas avec leurs bagnoles qu'ils vont épater le monde…

— Les Japonais ont pas d'antiquités.

— Mais non ! ils ont raison ! eux c'est l'avenir !

Ils se font refiler des os de lapin pour mille balles !

L'évolution progressive, ça se fait pas du jour au lendemain.

Ils lui ont enlevé les tripes et mis du produit à la place, ce qui fait que les tripes de Lénine doivent traîner quelque part…

La révolution d'Octobre, c'est un drôle de mois pour faire ça.

Si ça se trouve ça lui plaît qu'on le déterre.
— C'est vrai qu'il était cabot.

Ils vont déterrer Montand pour lui faire l'ADN !
— Après sept ans y reste plus que de l'ADN d'asticot là-dedans.

Si ils lui font la piqûre d'ADN dans un asticot, les résultats pour la fille de Montand c'est qu'elle est une fille d'asticot.

Il vaut mieux déterrer Montand que Signoret.
— Ça change rien.
— Ça change qu'il était plus jeune qu'elle.

Si ça devient la mode de déterrer tout le monde faudra inventer une pince, comme pour les cornichons.

La mort et le cadavre, c'est pas pareil.
— Le cadavre, ça regarde personne.

La mort, c'est personnel.

— C'est sacré.

— Après tout ce qu'on travaille, on l'a bien méritée.

Bientôt, il faudra s'enterrer quelque part et le dire à personne.

— Les crottes de chat font ça.

Déterrer Montand, c'est une affaire de pognon.

— Il en aura fait tuer du monde en tant que stalinien !

— Ils l'avaient fait pour Toutankhamon, je l'ai vu, l'exposition des trésors de la momie.

— Il est pas momifié Montand, y a plus que des os.

— Et les habits.

— C'est la gamine qui fait déterrer son père, quelle honte !

— Elle lui ressemble.

— Ah non, c'est une guenon.

— Il était bon chanteur… et les claquettes aussi.

— Signoret à la fin, elle était bouffie par l'alcool.

— Et la fille de Navarro, elle est bouffie aussi.

— Elle y est plus dans *Navarro*, Roger Hanin en voulait plus.

— C'est sa fille celle qui est alcoolique ?

— Elle est adoptive, c'est bien pour ça que l'argent du père elle voudrait le garder.
— C'est sale ces histoires de famille.
— Si ça se trouve dans le cercueil c'est Adamo, moi plus rien m'étonne.

Si c'est pas des voyous qui déterrent les morts, c'est la famille.
— C'est les mêmes !

On sera jamais morts avec leurs nouvelles lois.
— C'est l'ADN qui fout la merde.

On finira par être plus tranquille aux cabinets qu'au cimetière.

Dans sa tombe il est célèbre mais si on le déterre il sera plus que le commun des mortels.
— Ça lui aura pas servi sa carrière, d'être mort.

Faudrait crever dans les arbres !

J'ai regardé *Urgences* hier, qu'est-ce que c'est bien, vous avez regardé ?
— Non, je regarde jamais la télé.
— Mais qu'est-ce que vous faites, vous avez pas de vie ?

Être le fils de Paul Ricard c'est un peu autre chose que la fille de Yves Montand…

— Et lui, on le déterrera pas.

Je vais le faire déterrer Ricard et je dirai que je suis son fils : on a le même foie.

Quand on est à la caisse du magasin on pense parce qu'on parle pas.

Il voulait être peintre.

— Ricard ? La peinture on s'en fout par rapport.

Paul Ricard est mort, faut espérer que le fils fera pas crouler la boîte.

Quand tu meurs le même jour que Ricard, c'est pas la peine de mourir.

Marchais est mort ce matin.

— Il l'aura bien cherché celui-là.

Jojo est mort ? Meeeeeeerde…

C'était le dernier communiste.
— Ah non, y a sa femme encore.

Ils ont fait tomber le mur de Berlin pour se payer des rideaux de douche.

Le beaujolais nouveau, faut passer la journée à en boire sinon ça sert à rien d'en boire.

Jésus, c'est le fils de Dieu mais c'est qui le grand-père ?

… Deux mille ans que Jésus est pas revenu, ça commence à devenir louche.

Le paradis des chrétiens perd de la surface, les islamistes rachètent tous les terrains.

Y a vraiment que dans le secteur privé qu'on boit pas.

L'imaginaire, si ça se trouve c'est pipeau.

Sans les deux guerres mondiales t'imagines le chômage qu'on aurait aujourd'hui ?

En temps de guerre, la mort c'est la bonniche à tout le monde.

Faut pas être normal pour être gynécologue.

La plus grosse femme que j'ai vue c'est dans la région de Dourdan.

Mon nombril, je l'ai bouché avec du plâtre parce que j'aime pas ma mère.

À la naissance le nain est normal, c'est en grandissant qu'il rapetisse.

— Les naines c'est le contraire, c'est en vieillissant qu'elles grandissent un peu.

Les nains, c'est comme les crevettes, t'arraches la tête, il reste plus rien !

Un nain de cinquante ans c'est comme un normal de cent.

Les bossus ont qu'une bosse, c'est les chameaux qui en ont deux.

Pour un nain c'est facile de passer l'aspirateur dans la voiture.

Si Dieu meurt, c'est Jésus qui hérite de tout.

Platon c'est un homme, Marx c'est un homme, Heidegger c'est un homme, Sartre c'est…

— Tu l'as déjà dit.

— … Hegel c'est un homme, Kant c'est un homme, Socrate c'est un homme : la philosophie c'est plutôt un truc d'homme.

— Et Lucrèce ?

— Qui ?

— Borgia.

On aime Céline parce qu'il écrit bien, heureusement que Hitler était pas un grand peintre !

— Bien comment ? Grand comment ? Qui est heureux ?

Tomber enceinte, tomber enceinte, comme si enceinte c'était un escalier !

À la morgue on nous met dans des tiroirs, on finit tous bureaucrates !

Les vétérinaires ne disent jamais la vérité aux chiens malades, sinon ils se font mordre.

En mai 68, les seuls fils d'ouvriers qu'on voyait dans les rues c'étaient les CRS.

— Rien n'a changé.

Jésus était complètement suicidaire…

On l'a cloué une fois, on l'a plus jamais revu du coup !

Jésus, c'est quand même gnangnan comme histoire, tu crois pas ?

Jésus il est trop gentil, moi j'en aurais niqué plein avec mes pouvoirs.

Le pire danger quand on est bourré, c'est les routes droites.

Tous les ans, ils recommencent une vente des tableaux de Picasso.

— La famille en refait…

— C'est pas difficile à refaire.

— Comme vous dites !

Avec les clients que j'ai, des fois j'ai l'impression d'être antiquaire.

Charcutier, tu peux prendre du jambon pour toi, mais fossoyeur, tu peux pas te servir.

… après tout c'est possible que Jésus se soit déjà fait clouer par les hommes préhistoriques avant de revenir…

La Sainte Vierge apparaît dans le coffre de ta voiture, personne le croit.

Moi ça me gêne pas d'être con du moment que tout le monde reste poli.

Soixante mille morts par an à cause du tabac, et tu fumes ?

— Je suis vivant moi.

À quatre ans, il compte jusqu'à quatre.

— Va lui falloir du temps à çui-là…

Non, non et non, écoute Yannick, tu permets que je t'appelle Yannick ? Un piano c'est un meuble d'abord, et après c'est un instrument… tu me suis ? bon, au lieu de pianoter sur le zinc qui est un meuble lui aussi toujours pas un instrument tu pourrais le respecter t'as tout faux, tu nous remets un coup ?

Après la mort de sa femme, il a continué à payer l'apéritif.

— C'est une leçon de vie.

Il est mort hier.

— Eh ben… c'était pas son jour.

Si j'étais propriétaire, je vendrais, c'est le bon moment.

— Il a rien, il veut vendre !

— À la Bourse, ils font ça…

Ils vous opèrent le ventre en faisant rentrer une petite caméra.

— Eh ben moi, j'aimerais pas trop être opéré par un cameraman.

Le suicide, c'est un bon garde-fou quand on veut pas vivre comme un con.

Je dors au boulot sinon j'y arrive plus.

Van Gogh, il était peut-être fou, mais quand on voit le tableau de sa chambre, il faisait son lit.

Il a rien foutu le gosse à Molière !

Jésus, on a pas retrouvé les os ! Même les moules on retrouve les coquilles !

Le visage de la Madone, on voit bien que c'était une menteuse.

Dieu qui est devenu un homme, il a pris un emploi.

Plus ça va, plus c'est les animaux qui ont raison.

Pendant une époque, la quiche lorraine était une recette allemande.

Vilmorin, les livres ou les graines ?

Picasso, ça a été révolutionnaire parce que c'est le premier peintre qui aimait pas la campagne.

Quand tu meurs électrocuté, tu revois tout en dessin animé.

Toi qu'es historien, quelle heure il est ?

Christophe Colomb est entré dans l'Histoire ; il aurait dû rentrer dans la géographie.

Il est mort en demandant sa maman, comme ça la boucle est bouclée.

Hé ! Ducon ! si on fait de la philo de comptoir, c'est qu'en terrasse c'est trop cher !

Il aura été long, cet automne, avec cette pendule qui retarde…

LES QUATRE SAISONS DES BRÈVES DE COMPTOIR

Jean-Marie Gourio

"Vivaldi, il l'a dans l'os, on
a pas eu de printemps.
— Qui l'a dit ?"

"Qui dort dîne, et qui somnole boit juste l'apéro, forcément."

"Le pire c'est la solitude, tu fais toujours une tonne de nouilles en trop."

LE PRINTEMPS

Pocket n° 13631

"Je veux bien croire que l'intelligence
c'est culturel, mais la connerie
c'est bête, pas plus."

"Me fais pas chier avec le rêve américain !
Si ils rêvent c'est qu'ils dorment !"

**"Pendant la guerre, des muets
ont été torturés et sont passés
pour des héros."**

**"J'aime bien la télé,
mais juste pour regarder."**

Les quatre saisons des brèves de comptoir

Jean-Marie Gourio

"Tu sais ce que ça représente la télé quand t'as des gosses ? La TRAN-QUIL-LI-TÉ !"

"Le monde est tellement con, on dirait que c'est moi qui fait tout."

"Le langage, c'est ce qui différencie l'homme de la bête, plus tu dis de conneries, moins tu ressembles à un bigorneau."

L'ÉTÉ

Pocket n° 13631

"L'Atlantide, on cherche au fond
de la mer alors que si ça se trouve,
c'est à la montagne..."

"Un verre en cristal est trop fragile pour
qu'on puisse boire dedans peinardement."

**"Quand on lit, c'est bien,
on pense à rien."**

"Si la Bourse continue à baisser,
vendredi ça va être un *jeudi noir*."

Cet ouvrage a été imprimé en France par

CPI
Bussière

à Saint-Amand-Montrond (Cher)
en août 2009

Composé par Nord Compo Multimédia
7, rue de Fives, 59650 Villeneuve-d'Ascq

POCKET - 12, avenue d'Italie - 75627 Paris Cedex 13

— N° d'imp. : 91236. —
Dépôt légal : septembre 2009.